U1013837

遇见吴城

陈光来　何以战　主编

中国文史出版社
CHINA CULTURAL AND HISTORICAL PRESS

编 委 会

主　编：陈光来　何以战

副主编：罗勇来　徐　峰　樊　坚

编　委：李　鸣　叶文师　肖介汉

摄　影：叶学龄　燕　平　宋建明

刘远庆　金和平　张小林

开 篇 语

八百里鄱湖烟波浩渺，鹤起遮云月；两千年古镇风流传奇，人去留诗文。

在中国最大淡水湖鄱阳湖西岸，有一片人鸟相依的生态家园，以“候鸟王国，千年古镇”的美誉而蜚声中外。她就是中国候鸟小镇——吴城。

吴城镇位于江西省永修县境内，历史上与景德镇、樟树镇、河口镇并称为江西四大名镇，是世界A类候鸟保护区和鄱阳湖国家级自然保护区核心区所在地。

每至初冬，数十万羽候鸟从西伯利亚等地不远万里如约而至，使这里成为世界候鸟的最大越冬栖息地。这些空中精灵自由翱翔、叠霜弄影，呈现出“飞时遮尽云和月，落时不见湖边草”的奇观，使人情醉神迷。

吴城的奇美，远不止冬日里的鹤舞鄱湖、人鸟相依，更在于她“春踏青、夏看水、秋赏花、冬观鸟”四季变幻出的万种风情。春天，河汉纵横，草长莺飞，敞开最宽广的胸怀。夏日，水阔天高，浪起烟霞，“中国最美水上公路”成为最浪漫的湖上风景。秋季，蒹葭苍苍，蓼花成海，令人心旷神怡，流连忘返。

驻立浮雪亭，“落羽芦花千簇雪，浮光水路万重波”的自然美景让人目不暇接；登临望湖亭，“落霞与孤鹜齐飞，秋水共长天一色”

的原乡风景尽收眼底；踏上松门山岛，沙山连绵，任你纵情奔放；放眼彭蠡之滨，渔舟唱晚，天人鹤和谐一体，呈现出一道最美的鄱湖岸线。

吴城的魅力，不光是湖光山色的自然美景，更有她深厚的历史底蕴。她历经了“沉海昏，起吴城”的沧海桑田，穿越过明清鼎盛时期“九垅十八巷，六坊八码头”和“装不尽的吴城，卸不完的汉口”的浮世繁华。这里，一砖一石构筑起望湖亭、豆豉街、十八坡的斑驳轮廓，一草一木见证过江右商帮“舳舻十里，烟火万家”的兴衰传奇；这里，曾经林立的四十八家大小会馆中，吉安会馆、武宁会馆至今残存，海昏城址、天主堂、修河古码头仍古韵留芳；这里，走出了程钜夫、叶一栋、吴一嵩等本地名流，也留下过李白、苏东坡、文天祥等风流人物的足迹和诗文；这里，是朱元璋和陈友谅大战鄱阳湖的战场，也是王阳明、曾国藩建功立业的地方。

走进千年古镇，穿行于石街古巷，品尝着特色小吃和美味佳肴，倾听那遥远的故事传说，不由唤起人们内心深处的乡愁、乡恋和乡情，这里仿佛处处都流淌着时光不老、岁月静好的温情。丫丫戏、排工号子的绕梁余音，滚龙灯、庙会等节日习俗，传承久远的匠人技艺，都让人似乎触摸到先人温暖而强劲的脉搏。

今日吴城，继往开来。作为全国首个“中国候鸟小镇”和“江西十大文化古镇”，她乘着鄱阳湖国际观鸟周活动的东风，成功创建了鄱阳湖吴城候鸟小镇景区，正全力打造永不落幕的国际观鸟胜地。一幅“天蓝、湖静、鸟悠、人和”的生态画卷已在您的面前展开。万物吉祥，只等您的到来！

遇见吴城，将是您人生中最美好的缘分！

目　录
CONTENTS

第二章　珍稀候鸟

第三章　古迹遗址

第一章

自然景观

集万般宠爱于一身，大自然造就了这方水土。国际重要湿地在这里，中国最大的淡水湖在这里，最美的水上公路、最阔的湖池草原、最奇的湖中沙山……都在这里，全球最珍稀的候鸟也在这里春去冬来。

遇见吴城，最惊叹于遇见她的美丽与奇异。

第一节　水上公路

鄱阳湖，古称彭蠡，位于江西省北部，地跨九江、南昌、上饶三市，是中国第一大淡水湖。

夏季的鄱阳湖，湖光万顷，烟云一色，是一年四季中最奔放的。湖水上涨的时候，吴城四面环水，周围一片汪洋，如同鄱阳湖上的“神仙岛”。在集镇通向外界的永吴公路上，有一段仙绝尘世的网红打卡地，这就是“中国最美水上公路”。

每当汛期来临，水位达到18.67米时，湖水漫过永吴公路大湖池段，呈现全长5.05公里的水上公路，形成鄱阳湖中最奇特的水上景观。

浩渺鄱湖映日月，横陈玉带藏水天。水上公路水中有路，路天一色，浑然一体；两侧路桩红白相间，像一串珍珠项链伸向远方，在湖心亭台的映衬下，俨然水天一线的怡人图画。这时，可邀约三两好友，在水面上驾车穿行，体验冲浪时迭雪飞溅的刺激；或带着心上恋人，伫立浮雪亭凭栏望远，感受水色天光交相辉映的美妙；或领着一家老小，乘船迎浪而行，领略浮光水路万重波的风光……如同置身梦幻般的仙境，是如此地浪漫和惬意！

如今，新建成的全球最长竹制水上栈道成了“中国最美水上公路”的最佳“伴侣”。穿行水上公路，走在水上栈道，不同的季节可赏不同的画卷：春看草浪翻飞，夏望波浪起伏，秋赏荻浪飞雪，冬观鸟浪席卷。

水上公路的走红，体现了人们对幸福生活的追求和对美好景致的

向往。它的美不仅在人们的眼里，更在人们的心中。

第二节　湖池草原

“夏秋水连天，冬春滩无边”。鄱阳湖风景变化万千，年复一年。每到秋冬季节，受赣江、修河等水系水量不足的影响，鄱阳湖随之进入枯水期。从此时到次年仲春，水道舒缓，河水环清。特殊的地貌，温润的气候，为湿地生态系统的发育提供了良好的温床。

鄱阳湖一年中最美的季节在“泽国芳草碧，梅黄烟雨中”的春天，这时水落滩出，碧草连天，江南草原的美景扑面而来。在吴城镇域近二十万亩的广袤草洲中，最撩人心扉的是大湖池的无边春色。

春意盎然的大湖池，虽然没有冬日暖阳下万鸟翱翔的绝美风景，

但是孕育着四季轮回中最旺盛的生命色彩：晨光熹微中，薄雾氤氲，草露滴翠；丽日和风里，绿毯摇浪，草长莺飞；暮霞幻影下，烟际缥缈，草色迷离。阳春三月，男女老少成群结队，点缀在绿草如茵的湖洲之中，与五颜六色的小花亲近，别有一番情致。他们有的采着藜蒿，篮子里承载了笑容；有的放飞纸鸢，眼睛里蕴含了情丝；有的登亭赏鹤，思绪里装满了祝福，献给这春日里深沉博大的草原，寄托对美好生活的憧憬。

湖池草原，上天的眷顾，人间的臻境，心灵的归处。

第三节　芦花浮雪

“夹岸复连沙，枝枝摇浪花。月明浑似雪，无处认渔家。”这是诗词中的芦花，也是人们心中的絮语。

秋天，芦苇成熟的季节。当红蓼盛开、候鸟归来的时候，鄱阳湖边大大小小的沼泽滩头，白色的芦苇一片片一簇簇，或静立水滨，或悄然渚上，在晨曦暮霭中映射出“芦花浮雪”的壮美景象，尤其是浮雪亭里的楹联：落羽芦花千簇雪；浮光水路万重波。令人心驰神往。

“蒹葭苍苍，白露为霜”。芦苇依水而生，入秋渐黄，花开似雪，纷飞如梦，成为鄱阳湖畔、千眼桥边一道看不尽的风景。芦花之美在姿态，其秆亭亭玉立，其絮飘逸俊雅，在风笛中摇曳出一季的风情，在斜阳下漫舞成雪色的海洋。芦花之境在淡然，远离尘世喧嚣，独守湖滩瘠土，筛风弄月，胸怀天地，把生命的诗意一缕缕地挑亮，哪怕寂寥无闻，依然活出自己的模样。芦花之恋在相依，抛开杂念，倾听天籁之音，放下脚步，度过曼妙时光，此情此景，如诗如画，瞬间定格成为绝妙而迷离的永恒。

也许一场风雨之后，随风而散的芦花终将归湖泽，但随着四季的更迭，来年一定还会遇水而发，从来时来，向去时去。人生亦是如此，看花开花谢，听潮起潮落，历经一切以后，素心洁白，终将归于平静。如此，还有什么不能放下，还有什么不能释然呢？

浮光水路萬重波

浮雪

第四节　人鸟相依

湿地滋润赣鄱，候鸟连通世界。吴城大湖池、常湖池、朱市湖三个观鸟点，以其仿生的设计、新奇的造型、舒适的体验，让人过目不忘，驻足流连。

行走在浮雪满汀的大湖湿地，穿过翠筱通幽的观鸟小道，映入眼帘的是风格迥异的观鸟点。走上大湖池观鸟栈道，依次进入三个鸟巢形状的观鸟点，透过望远镜：水波荡漾的湖面上，白鹤一家寻食苦草、苔草等食物，那样子真让人痴迷；成群结队的雁鸭一会儿冲天而起，

遮天蔽日，一会儿扑落水面，相互嬉戏，好一幅“候鸟天堂”的壮观画面。在常湖池，两棵树状造型的观鸟平台高大挺立，视野开阔。镜头中，东方白鹳悠然信步，白琵鹭欢快觅食，一座座雪色的“候鸟长城”映入眼帘。而朱市湖则是另一番景象，竹艺编织的观鸟亭如同一枚鸟蛋，高倍望远境隐藏在疏密有致的竹隙间，镜头里的候鸟或翱翔于天际，或雀跃于湖面，或云集于水岸，“候鸟王国”的奇景一览无余。

大湖池“百鸟归巢”、常湖池“瑞鸟栖林”、朱市湖“雏鸟破壳”，诠释着鸟儿“爱恋－相守－哺育”的生命历程。在这里，你能真切感受到“同在蓝天下，人鸟共家园”的生态之美，领悟到“度观鸟时光，与生命对话”的真谛所在。

第五节　红蓼映霞

红蓼花香夹岸稠，绿波春水向东流。小船轻舫好追游。
渔父酒醒重拨棹，鸳鸯飞去却回头。一杯销尽两眉愁。

每年的秋天，鄱阳湖畔的蓼子花正如宋代词人晏殊所描绘的这般，将岸畔汀洲铺天盖地晕染成红色的海洋，映红了脸颊，照亮了天边。

蓼生水泽，临渚而居。无论湖水的涨与落，还是泥土的丰与瘠，蓼花依旧肆意地生长、如靥地绽放。深秋时节，红蓼吐穗后，簇簇悠悠，从从田田，生得自在，开得忘我。寥寥秋意中，那胜火的胭红，铺陈

在盈盈秋水边，让平素沉寂的湖岸一下子变得亮丽而温馨。

在诗人心里，红蓼蕴含着意境，是白居易“秋波红蓼水，夕照青芜岸”的从容，是陆游“老作渔翁犹喜事，数枝红蓼醉清秋”的通透，也是黄庚“十分秋色无人管，半属芦花半蓼花”的宁静；在画家笔下，红蓼渲染着情趣，蓝天、白云、青草、红花、远山、近水，构成了一幅色彩斑斓、意蕴深邃的油画，装扮着迷人的秋色，展现着大湖的灵动，诉说着世间的美好；在旅人面前，红蓼相伴着时光，在恣意奔放、随风摇曳中，一同把白芦、水禽的秋韵收进了眼中，一同把秋水、伊人的倩影放进了霞光，也一同把立志、思念的花语揉进了心房。

第六节　候鸟乐园

湿地是“地球之肾”、环境之本。它与森林、海洋一道，成为滋惠生命、润泽万物的三大生态系统。

鄱阳湖生态湿地公园是候鸟的乐园，地处赣江之滨，吴城老虎口处，占地面积76万多平方米。公园以“人鸟和谐，乐彼之园”为主题，分为“湿地科普”“鹤徙之路”“鹤湖之家”“研学基地”四大片区，是集观赏、游憩、科教、研学为一体的主题文化公园。

公园呈南北走向，依山傍水。东面“鹤徙之路”按照白鹤经由“南亚—澳大利西亚”的迁徙路线设计，模拟沿途各自然保护区的生境，为候鸟提供栖息环境；南面“鹤湖之家”是天然湖泊，为候鸟自由翱翔的天堂；西面“湿地科普”为湿地知识普及的自然课堂，分布着河流、湖泊、人工等湿地景观；北面“研学基地”为四季果园和游乐休闲场所，不仅是青少年社会实践的基地，也是各类团建活动的舞台。

一鸟一世界，一步一风情。湿地公园四季生态演替，美轮美奂：春

天，这里树木弄娇，花草含情，绿意盎然；夏天，这里荷香十里，林影婆娑，清新怡人；秋天，这里芦荻飞扬，水杉挺立，色彩纷呈；冬天，这里鱼虾肥美，候鸟云集，生态和谐。

一座天蓝地绿、水清岸美的湿地公园，既是科普教育的户外场所，又是人鹤共舞的生态家园，它对于改善区域生态环境、实现人与自然和谐共处意义深远。

第七节　两河夹洲

千里赣江奔腾不息，百里修河蜿蜒流淌。一江一河从远方而来，如情人般相偎在望湖亭脚下，融入鄱阳湖的宽广怀抱，共同绘就了两河夹洲的今古奇观。

枯水时，这里是一幅画，赣江悠悠，修河清清，纤秀柔美，泾渭分明；涨水时，这里是一首歌，赣水泱泱，修河滔滔，不分彼此，奔涌向前。在这里，曾经的帆樯蔽江、商贾如云，让“装不尽的吴城，卸不完的汉口”称誉四方，成就了江右商帮“拔起中流，商艘趋之”的耀世荣光；在这里，千年的黄金水道、要津重地，演绎着金戈楼船、战火硝烟的兴衰传奇，书写了赣鄱大地风云跌宕、沧海桑田的鸿编巨制。从这里，沿赣江而行，南宋民族英雄文天祥发出“于今重饮鄱湖水，且学啼鹃带血吟”的悲愤绝响；从这里，别修河而去，日夜忙碌的排工们唱和“号声惹得人心醉，笑看排帮出鄱湖”的满怀豪情。

往事如烟，相传明初军事家刘伯温有一次舟行鄱阳湖上，远眺望湖亭，留下一段预言：“吴城两河夹一洲，此处赚钱此处丢。白面书生无用处，红颜女子不知羞。三百年前一集镇，三百年后一孤洲。”它真实地描写了当时吴城歌舞升平的繁华景象，同时也预示吴城时移世易的风云变幻。

时过境迁，数百年来，刘伯温所预示的情景早已被历史的大潮淹没。随着鄱阳湖吴城候鸟小镇景区的打造，如今鹤舞鄱湖遮天际、渔舟唱

晚醉心悠的景象美不胜收。

第八节　湖中沙山

鄱阳湖水域大小 40 多座岛屿，绝大多数都是由岩石、暗礁组成的，而松门山由沙成山。亘古至今，松门山在诸岛中一直独领风骚，犹如一艘巨型帆船，漂浮在鄱阳湖之上，见证着大湖的沧桑巨变。

鄱阳湖以松门山为界，分为南北两部分，南面为主湖体，长 133 公里，最宽处达 74 公里；北面为入江水道，长 40 公里，最窄处约 2.8 公里。松门山平均海拔 30 米，与吉山毗邻，东西相连。因处在赣江、修河、饶河的冲击扇上，河流上游带来的大量泥沙在松门山、吉山一带淤积，由此两座岛上 70% 为沙子。整个沙岛呈柳叶状，绵延近 27 平

方公里，独特的地貌实属罕见。

在鄱阳湖的枯水期，松门山、吉山两地成了沙漠运动爱好者的天堂：当大赛拉起，伴随着震耳欲聋的马达轰鸣声，一辆辆沙地越野车、摩托车一路极速狂奔，在人们的呐喊声中，一会儿跃上高高的山巅，一会儿飞驰在窄窄的沙脊……参赛选手纵情金色沙海，挑战巅峰极限，享受极致体验。惊险刺激的越野赛后，夜晚的舞台搭起，篝火点燃，沙滩音乐节又嗨起了高潮。人们或在轻柔的乐声中踏着沙浪翩然共舞，或在劲爆的电音下尽情狂欢，爱情、友情、亲情在这里激荡缠绵。

泱泱大湖，莽莽沙山。丰水之时，松门山更像一条横卧水中的巨龙，阻挡着滔天的风浪，守护着往来的船只。久远地守望，不变的风景，形成了湖中沙山的旷世奇观。

第九节 吉山风车

吉山，鄱阳湖中一个不同寻常的小岛，方圆12.38平方公里，东面与松门山岛在“断腰”处相接，南面与赣江东岸的荷溪圩遥遥相对，西面隔江相望的是吴城集镇，北面则是“中国的百慕大”老爷庙水域。

因鄱阳湖西北部水道狭长，又受庐山东南面暖湿气流的影响，致使吉山一带风速大、水流乱，成为一个少有的大风区，最大风力可达16级，风速每小时可达200公里，全年一半的日子风力超过六级。

为充分利用好吉山丰富的风力资源，江西大唐国际吉山风电场在吉山、松门山装备了48台风力发电机组，每台机组由风轮、发电机

和塔筒组成，通过风力带动风车叶片旋转，再透过增速机提速，促使发电机发电，以此获得取之不尽、用之不竭的新能源。吉山风电场总装机容量 9.6 万千瓦，每年可为电网提供 2 亿千瓦时的清洁能源，经济和生态效益十分可观。

与单调乏味的海边风车不同，吉山风车高高矗立在沙山之上，数十座五十二米高的庞然大物错落有致，显得格外壮美，成为鄱阳湖畔一道亮丽的风景，同时也给人们送来了光明和希望。

第十节　松门石镜

松门山岛如同一个巨形水瓢，横卧于碧波万顷的鄱阳湖中。岛的最东边，有一座因此而得名的瓢头山，当地人称之为“瓢瓜头”，也戏称为“嫖客头”。这里有李白“松门拂中道，石镜回清光”诗中所描绘的松门石镜。

整座松门山岛以“湖中沙山”闻名遐迩，唯东边的瓢头山以石奇而声名远播，并且留下了许多先贤的诗文。南北朝山水诗人谢灵运这样描述：“攀岩照石镜，牵叶入松门”。郦道元《水经注》中记录：“山东有石镜，照水之所出，有一圆石，悬崖明净，照见人形，晨光初散，则延曜入石，毫细必察，故名石镜焉。”仰慕谢灵运的诗仙李白泛舟登岛，亦和诗：“谢公之彭蠡，因此游松门。余方窥石镜，兼得穷江源。”

瓢头山以火山岩为主，最高处海拔 64.8 米，最窄处宽近 200 米。这里草木葱郁，山路陡峭，人迹罕至。东面大湖浩荡，波光粼粼；南面水阔天开，渔歌声声；西面沙山绵延，黄沙莽莽；北面跨江八里，楼台点点。丰水时，这里波涛澎湃，水激石罅，听之如钟鼓不绝；枯水时，这里怪石嶙峋，江豚逐浪，观之令眼迷心荡。

破晓时分，伫立滩头，轻风抚岸，抬眼望去，东方地平线上水天相接，青白色的天边霞光微露。渐渐地，那染纱似的绯红层层晕染开来，天空的烂漫和湖中的绚丽交相辉映。凝神期待中，一个小红点探出天际，转瞬间蹿出半个圆球，随后火红、橘红、橙黄、金黄，天空的色彩瞬息万变，蔚为壮观。满心欢喜间，一轮红日喷薄而出，第一缕阳光从鄱阳湖上冉冉升起，在平静的湖面上反射出道道金光，连同晨光中的渔舟帆影，一同收进了瓢头日出的美妙画图中。

千百年来，在时空交错中，最美好的景致，不是诗，也不是远方，而是人们平静之后，发现心中的美好其实就在自己的眼前。

第二章

珍稀候鸟

鄱湖鸟，知多少？飞时遮尽云和月，落时不见湖边草；春夏长，秋冬短，相逢总在别离时，鸟如初见人非昨。或许你叫不出它们的名字，但每次邂逅都像是别了一个春秋的恋人，你满头雪花守望着，她却还是当初的模样。

遇见吴城，最渴望于遇见她的呼唤和飞翔。

第一节 白 鹤

白鹤是国家 I 级重点保护鸟类，被列为《世界自然保护联盟濒危物种红色名录》（IUCN 红色名录）极危（CR）物种，并被列为《濒危野生动植物种国际贸易公约》（CITES）附录 I 之中。

白鹤在中国被尊称为“仙鹤”，又称“辽鹤”“西伯利亚鹤”，站立时，外形通体白色，当它们飞上天空，翅尖就会露出黑色的羽毛，故又称“黑袖鹤”。它在地球上已经生活了 6000 万年，堪称是鸟类中的“活化石”。有鸟类学家曾这样写道：“白鹤是鸟类中的百合花，

具有最优雅、最柔和的曲线美。”2019 年，白鹤被评为江西的“省鸟”。

白鹤是大型涉禽，体长 130 ～ 140 厘米，栖息于开阔平原、草地和浅水沼泽地带，对浅水湿地的依赖性很强。它主要以苦草、眼子菜等植物的茎和块根为食，也吃水生植物的叶、嫩芽和少量蚌、螺等软体动物。

白鹤 10 月中下旬和 11 月初飞到鄱阳湖越冬，主要在湖区浅水处觅食。通常大多以家庭为单位活动时，多为 2 只成年鹤带着 1 只幼鹤。觅食时，双亲还要饲喂幼鹤，直到第二年 2 月中旬，幼鹤才开始自己啄泥取食。2 月下旬到 3 月初，当平均气温 10℃以上时，白鹤就开始迁徙。迁徙时常常集成数十只、甚至上百只的群体，特别是在中途停息站和越冬地常集成大群北返。至 3 月底全部迁走，越冬期 150 天左右。

目前全球白鹤种群数量有 4000 只左右，其中 98% 的白鹤在鄱阳湖越冬。鄱阳湖的白鹤群被国外鹤类专家誉为中国的“第二长城”。可以说，鄱阳湖是目前世界上唯一一个可以看到成千羽白鹤聚集的地方，是以白鹤为代表栖息于此的数十万羽越冬候鸟共同的家园。

第二节　白头鹤

白头鹤是国家 I 级重点保护鸟类，被列为《世界自然保护联盟濒危物种红色名录》（IUCN 红色名录）易危（VU）物种，并被列为《濒危野生动植物种国际贸易公约》（CITES）附录 I 之中。

白头鹤被人称为“爱情鸟”，主要缘于其遵循“一夫一妻”制，一旦组建家庭，彼此的关系十分稳定。相爱的白头鹤夫妇矢志不渝，我们常用“以鹤为媒、白头偕老”的话来祝福新人，就是源自白头鹤这一习性。因为其身着似修女的“黑袍白巾”，有着羞答答的样子，

白头鹤又被称为“修女鹤”。

白头鹤是大型涉禽，体长 92 ～ 97 厘米，灰衣素裳，头颈雪白。通体大都呈石板灰色，眼睛前面和额部密披黑色的刚毛，头顶上的皮肤裸露无羽，呈鲜艳的红色，其头、颈的上部为白色（幼鹤为黄色），这是整个身体最为显眼的部分，也正因如此，人们给它起了一个极为贴切的名称——白头鹤。

白头鹤栖息于河流、湖泊岸边的泥滩及沼泽、湿地、芦苇中，多取食甲壳类软体动物、小鱼和昆虫的幼虫等，也吃一些苔草、眼子菜等植物嫩叶、块根。春季迁徙时间多在 3 月末至 4 月末，到达繁殖地的时间多在 4 月末 5 月初；秋季从 10 月中旬至 11 月初集中迁徙，到达越冬地的时间多在 11 月末。

白头鹤 4 ～ 5 龄达到性成熟。其配偶仪式为对唱与婚舞：雄鹤叫声为两长一短，雌鹤为一长一短；对唱时张开三级飞羽，头颈反复伸长。一般夫妻的年龄略有差异，雄性大于雌性一岁以上，它们几乎终年形影不离。最让它们倾注精力的是，要用一个月左右的时间来孵化两枚蛋宝宝。一般夫妻轮流孵卵，只是雌鸟更积极一些。

白头鹤是鄱阳湖常见的鹤类，目前全球有 3000 多只。

第三节 白枕鹤

根据《国家重点保护野生动物名录》（2021 年第 3 号公告），白枕鹤从国家 II 级重点保护鸟类晋升为 I 级重点保护鸟类。它被列为《世界自然保护联盟濒危物种红色名录》（IUCN 红色名录）易危（VU）物种，并被列为《濒危野生动植物种国际贸易公约》（CITES）附录 I 之中。

白枕鹤常常被人们称为“白鹤的伴娘”，之所以有此称谓，是因为有白鹤的地方基本都有白枕鹤。

白枕鹤是大型涉禽，又叫“红脸鹤”“红面鹤”，古人还称之为“苍色”“赤颊”。三国时学者陆机在《毛诗陆疏广要》中记载：“苍色者，人谓之赤颊。”苍色是一种发蓝的青色，也可指灰白色。可见早在 1700 多年前，古人就注意到了它的特征，以此命名。白枕鹤羽毛以灰色为主，头顶后部、枕部、脖子后部、下巴、喉部均为纯白色，故名白枕鹤。

白枕鹤栖息于开阔平原、芦苇沼泽等地方，主要以植物种子、草根、

软体动物和昆虫等为食，取食时用喙啄食，或用喙先拨开表层土壤，然后啄食埋藏在下面的种子和根茎，边走边啄食。

白枕鹤繁殖时间为 3 月下旬至 4 月末，主要繁殖地为吉林、黑龙江等省或更北的广大地区，9 月末开始迁往越冬地，一直持续到 11 月中旬。

除繁殖期成对活动外，白枕鹤多成家族群或小群活动，偶尔也见单独活动。尤其是迁徙和越冬期间，多由数个或 10 多个家庭群组成大群活动。它们行动机警，见人就飞。起飞时，先在地面快跑几步，然后腾空而起，飞至一定高度时，颈和脚分别向前后伸直，两翅扇动有力，飞行轻快。

白枕鹤的数量比较稀少，全世界 70% 以上的白枕鹤在鄱阳湖越冬。

第四节　东方白鹳

东方白鹳是国家 I 级重点保护鸟类，被列为《世界自然保护联盟濒危物种红色名录》（IUCN 红色名录）濒危（EN）物种，并被列为《濒危野生动植物种国际贸易公约》（CITES）附录 I 之中。

东方白鹳被誉为“鸟界国宝”“鸟类大熊猫”。它是一种大型涉禽，体态优美，体长 110 ～ 128 厘米，体重 3.9 ～ 4.5 千克，翼宽 2.22 米。长而粗壮的嘴呈黑色，基部较厚，十分坚硬，从基部往尖端逐渐变细，并且略微上翘。眼睛周围、眼线和喉部的裸露皮肤呈朱红色。羽毛主要为纯白色，翅膀为黑色。

东方白鹳在繁殖期主要栖息于开阔而偏僻的平原、草地和沼泽地带。除了在繁殖期成对活动外，其他时候大多组成群体活动，特别是迁徙时，常常聚集成数十只，甚至上百只的大群。

随着季节的变换，东方白鹳的食物会有变化：冬春两季主要是植物种子、草根和少量的鱼类；夏季以鱼类为主，也有蛙、雏鸟等；秋季主要是蝗虫。

东方白鹳每年3月初至3月中旬到达中国东北繁殖地。3月下旬开始分散成对进入各自的繁殖地。9月末至10月初组成群体分批往南迁徙，在鄱阳湖、洞庭湖等地越冬。觅食主要在白天，中午在树上休息或在领地的上空盘旋滑翔。

目前东方白鹳种群数量全球有3000余只，80%以上的东方白鹳在鄱阳湖越冬。

第五节　黑　鹳

黑鹳是国家Ⅰ级重点保护鸟类，被列为《世界自然保护联盟濒危

物种红色名录》（IUCN 红色名录）低危（LC）物种，并被列为《濒危野生动植物种国际贸易公约》（CITES）附录 II 之中。

黑鹳是一种大型涉禽，体态优美，体色鲜明，活动敏捷，性情机警。成鸟的体长为 1 ～ 1.2 米，体重 2 ～ 3 千克。嘴长而粗壮，头、颈、脚均甚长，嘴和脚呈红色。身上的羽毛除胸腹部为纯白色外，其余都是黑色，在不同角度的光线下，还可以映射出多种颜色。

黑鹳栖息于湖泊沼泽、河流沿岸、山区溪流附近，习惯在高树或岩石上筑大型的巢，有沿用旧巢的习性。它活动于水边浅水处或沼泽地上，性格孤独，常单独或成对活动，有时也成小群飞翔。它以鱼为主食，也捕食其他小动物。

黑鹳大多数是迁徙鸟类，在每年的 9 月下旬开始南迁，迁徙时常成 20 只左右的小群，主要靠两翼鼓动飞翔，有时也利用热气流进行滑翔。多在 3 月到达繁殖地。黑鹳繁殖期在 4 ～ 7 月，营巢于偏僻和人类干扰小的地方。

黑鹳是晚成性鸟类，留巢期较长，70 日龄时才具飞行能力，在巢附近做短距离的练习飞行，75 日龄后随亲鸟到湖岸、河滩等处觅食，夜晚归巢栖息，直至 100 日龄后跟随亲鸟到更大范围内活动，不再归巢。

在 3 ～ 4 龄时性成熟。

目前黑鹳种群数量在全国有 1000 多只，珍稀程度不亚于国宝大熊猫。

第六节 灰 鹤

灰鹤是国家 II 级重点保护鸟类，被列为《世界自然保护联盟濒危物种红色名录》（IUCN 红色名录）低危（LC）物种，并被列为《濒危野生动植物种国际贸易公约》（CITES）附录 II 之中。

灰鹤主要栖息于欧亚大陆和非洲北部，是世界上 15 种鹤类中分布最广的物种。

灰鹤是人类认识较早的鹤，晋朝崔豹所著《古今注》中记载：“鹤千岁则变苍，又两千岁则变黑，所谓玄鹤也。”《尔雅翼》也将灰鹤称为“元鹤”“长寿鹤”。

灰鹤是大型涉禽，体长 100 ～ 120 厘米，颈、脚均甚长，全身羽毛大都灰色，头顶裸出皮肤鲜红色，眼后至

颈侧有一灰白色纵带，脚黑色。栖息于开阔平原、草地、沼泽、旷野以及农田地带，尤为喜欢在富有水边植物的开阔湖泊和沼泽地带活动。主要以植物的叶、茎、嫩芽以及软体动物、鱼类等为食。

灰鹤于3月中下旬开始往繁殖地迁徙，9月末10月初迁往越冬地。迁徙时常为数个家族群组成的小群，有时也成40～50只的大群。它的繁殖期在4～6月，每窝通常产卵2枚，雌雄轮流孵卵，孵化期28～30天。

灰鹤繁殖地在欧亚大陆北部，越冬地在阿拉伯半岛、中东以及华东、华南等地。单配制，但不稳定，丧失配偶会很快找到新的配偶。

灰鹤性格机警，胆小怕人。活动和觅食时常有一只鹤担任警戒任务，不时地伸颈注视四周动静，一旦发现有危险，立刻长鸣一声，并振翅飞翔，其他鹤亦齐声长鸣，振翅而飞。飞行时排列成“V”字或“人”字形，头、颈向前伸直，脚向后直伸。栖息时常一只脚站立，另一只脚收于腹部。

灰鹤是鹤类中数量较多的一种，全世界约有10000只以上，在中国越冬的有6000只左右。

第七节　鸿　雁

鸿雁是国家II级保护鸟类，被列为《世界自然保护联盟濒危物种红色名录》（IUCN红色名录）易危（VU）物种，并被列入《濒危野生动植物种国际贸易公约》（CITES）附录Ⅰ之中。

鸿雁又名大雁，是大型水禽，体长90厘米左右，体重2.8～5千克。嘴黑色，体色浅灰褐色，头顶到后颈暗棕褐色，前颈近白色，黑白分明。

鸿雁主要栖息于开阔平原和湿地上的湖泊、水塘、河流、沼泽等地，以各种叶、芽以及芦苇、藻类等为食，也吃少量的甲壳类和软体动物。

鸿雁喜欢结群活动，特别是在迁徙季节。每年9月初开始从繁殖地迁往越冬地。迁徙时常集成数十、数百甚至上千只的大群。3月末4月初迁入中国东北繁殖地。求偶行为极为独特，据在饲养条件下的观察：求偶时，雄鸟首先在雌鸟前面激动地游动，同时尾垂直竖起，并反复进行头浸水运动，有点像觅食动作。交配时，雄鸟张开翅膀，雌鸟开始鸣叫，同时雌雄鸟都伸长脖子，两翅半张，雄鸟跳到雌鸟背上进行交配。

鸿雁警惕性很强，行动极为谨慎小心，休息时群中常有几只“哨鸟”站在较高的地方引颈观望，如有人走近，则一声高叫，随即而飞，其他鸟也立刻起飞。飞行时，颈向前伸直，脚贴在腹下，一只接着一只，排列极整齐，成“一”字或“人”字形，缓慢向前，边飞边叫，声音洪亮、清晰、单声，且拖得较长，似“嗯—嗯—”声，数里外亦可听见。

鄱阳湖现在是世界上最大的鸿雁种群越冬地，最高数量 6 万多只。

第八节　白额雁

白额雁是国家 II 级重点保护鸟类，被列为《世界自然保护联盟濒危物种红色名录》（IUCN 红色名录）低危（LC）物种，并被列入《濒危野生动植物种国际贸易公约》（CITES）附录 II 之中。

白额雁别称大雁、花斑雁、明斑雁，是雁属中体形大、个体重的鸟类。它体长 64 ～ 80 厘米，体重 2 ～ 3.5 千克，上体大多灰褐色，从上嘴基部至额头有一宽阔白斑，下体白色，杂有黑色块斑。有扁平的喙，边缘锯齿状，有助于过滤食物。飞行时双翼用力拍打，振翅频率高。

白额雁在中国为冬候鸟，每年 8 月末 9 月初离开繁殖地，迁往越冬地，通常到达中国的时间在 10 月至 11 月初。迁徙主要在晚上进行，白天停息下来觅食和休息，在停息地常见和豆雁、鸿雁在一起。迁徙时无论飞行、休息和觅食均成群。迁飞时常有序单列飞行，呈“一”或“人”字形等，边飞边叫，叫声响亮。

到达越冬地后，分成小群或家族群活动。通常在天气晴暖时活动积极，且较分散；阴雨和冰雪等恶劣天气则于背风处集成小群，不太活动。

白额雁 6 ～ 7 月在北极苔原带繁殖，求偶行为和其他雁相似。雏

鸟孵出后的第二天，成鸟即带其到有芦苇、三棱草等植物的水域中觅食，45 天后幼鸟即可飞翔。

该物种分布范围广，种群数量稳定。

第九节　小天鹅

小天鹅是国家 II 级重点保护鸟类，被列为《世界自然保护联盟濒危物种红色名录》（IUCN 红色名录）低危（LC）物种，并被列入《濒危野生动植物种国际贸易公约》（CITES）附录 II 之中。

小天鹅素有“优雅的天使”之称，是大型水禽，体长 110 ～ 130 厘米，体重 4 ～ 7 千克。它与大天鹅在体形上非常相似，同样是长长的脖颈，纯白的羽毛，黑色的脚和蹼，只是身体稍小一些，颈部和嘴比大天鹅略短，但很难分辨。最容易区分它们的方法是比较嘴基部的黄颜色的大小，大天鹅嘴基的黄色延伸到鼻孔以下，而小天鹅黄色仅限于嘴基的两侧，沿嘴缘部延伸到鼻孔以下。它的头顶至枕部常略沾有棕黄色，虹膜为棕色，嘴端为黑色。它的鸣声清脆，有似“叩、叩”的叫声。

小天鹅在繁殖期主要栖息于开阔的湖泊、水塘，水流缓慢的河流和邻近的苔原低地、沼泽地上，冬季主要栖息在多芦苇、蒲草和其他水生植物的大型湖泊、水库、水塘与河湾等地。每年 3 月中下旬迁往繁殖地，8 月末 9 月初前往越冬地，通常成 6 ～ 10 余只的小群或家族群迁徙。

小天鹅在北极苔原带繁殖，配偶为一雄一雌制。雄鸟之间为了争夺雌鸟会发生争斗，这时两只雄鸟面对面地伸长脖子，互相用翅膀不断地拍打，同时全身的羽毛也都竖直了起来，然后彼此扑向对方，直到有一只被斗败逃走为止。胜者炫耀时，很像是一场仪式化的庆祝活动：首先雄鸟在雌鸟的面前不停地走动，同时高声鸣叫，雌鸟也向雄鸟伸出脖子，有时还举起两翅不停地扇动，然后双双飞到另一个地方，并且重复进行上述动作。

鄱阳湖是中国最大的小天鹅种群越冬地，最高数量达 9 万只。

第十节　白琵鹭

白琵鹭是国家 II 级重点保护鸟类，被列为《世界自然保护联盟濒

危物种红色名录》（IUCN 红色名录）低危（LC）物种，并被列为《濒危野生动植物种国际贸易公约》（CITES）附录 II 之中。

白琵鹭被誉为“飞鸟美人”，是江西常见的水鸟。它几乎全身洁白，长相特殊，体形似鹳，嘴长直扁阔似琵琶，因而得名。白琵鹭比东方白鹳更洁净、更清纯，举手投足间无不彰显天生的高贵大方之美。

白琵鹭是大型涉禽，体长 85 厘米，眼睑、眼周、颏、上喉裸皮黄色，胸及头部冠羽黄色（冬羽纯白），颈、腿均长，腿下部裸露呈黑色。

白琵鹭栖息于沼泽、河滩、苇塘等处，涉水啄食小型动物，有时也食水生植物。它繁殖于欧亚大陆和非洲西南部的部分地区，在非洲和中国等地越冬。常聚成大群繁殖，筑巢于近水高树上或芦苇丛中。

白琵鹭于每年 4 月份从鄱阳湖等越冬地陆续迁往北方繁殖地，9 月末至 10 月末南迁。迁徙时常成 40 ～ 50 只的小群，排成一纵列或呈波浪式的斜行队列飞行。多在白天迁飞，傍晚停落觅食。

白琵鹭常成群活动，偶尔见单只，休息时常在水边呈“一”字形散开，长时间站立不动。习性机警畏人，很难接近。飞行时两脚向后伸长，头颈向前伸直，两翅鼓动较快，既能鼓翼飞翔，也能利用热气流进行滑翔，而且常常是鼓翼和滑翔结合进行。

世界上白琵鹭的种群数量 3 万多只，鄱阳湖是白琵鹭的天堂。

第三章

古迹遗址

推开时光的墙门，看见你真实的容颜。虽然每处古迹失去了当年的光泽，但那些斑斑痕痕都在诉说曾经的辉煌。望湖亭前的鼓角争鸣，吉安会馆里的风花雪月，修河古渡上的千帆过往……时光抹不去岁月留下的沧桑。

遇见吴城，最感动于遇见她的前世与今生。

第一节 望湖亭

望湖亭位于吴城镇以东，赣江、修河交汇的高丘上。始建于晋太康元年（280 年），至今已有 1700 多年历史。在源远流长的历史进程中，望湖亭历经风雨，重修数十次，面貌几异其变。

晋代，望湖亭初建，为正方形庑殿式建筑，亭高数丈，上下四层，临湖而立，气势雄伟。亭内有回廊，四阁轩敞，飞阁流丹。凭

楼远眺，山峦迤逦，浩渺鄱湖水天一色，亭下赣江、修河泾渭分明，有如一幅壮丽的水墨画卷。

唐代，重修后的望湖亭规模宏大，气魄宏伟，严整又开阔。木作精严，柱子粗壮，屋檐高挑，鸱吻简明，斗拱硕大，色调若墨。

到了宋代，望湖亭由主体木结构改成砖结构，风格古朴典雅，呈平面正方形，边长 6.23 米，通高 12 米。内金柱圆木丹漆，外檐柱四根，由砖砌而成。亭顶重檐四坡，攒尖宝顶，四翼角边远伸高翘，覆以绿色琉璃筒瓦，正面悬挂朱色匾额，上书“望湖亭”三个鎏金大字。

元代，受蒙古族建筑风格的影响，望湖亭改为盝顶。在造型上采用了圆形外观，斗拱比例渐小，围栏、立柱及柱础硕大而粗犷。

明代，望湖亭已成了吴城的地标式建筑。左都御史邹元标在《望湖亭记》中写道：“……兹亭巍巍再饰，长江依然贾舶官舰络绎不绝，孰非人为之哉。”大学士解缙也写下了“吴城堤上草萋萋，楼观苍茫曙色微”的诗句，再现了此时的望湖亭及周边的景象。

清代，望湖亭重修了多次，其中以嘉庆二十一年（1816 年）修建的最为宏伟。亭的主体为仿木结构，斗拱、月梁、雀替、角梁、斜撑等，皆以石材雕琢而成。造型质朴、厚重，屋顶用石板做成六角攒尖，重檐翘角，镂刻精致，富有江南亭台楼阁的特点。

民国 16 年（1927 年），望湖亭再次进行了较大规模的修缮。重修之后十分壮观，连着亭基共四层，通高 24.8 米，亭顶用翠绿色卷筒式瓷瓦覆盖，飞檐鸱吻镶塑龙虎凤凰狮豹等飞禽走兽，亭脊挂有 50 公分口径铜铃各一枚，当遇上大风时，铜铃便发出悦耳的声音，给附近船民送来风讯。

1939 年 3 月，望湖亭遭受日军穿甲炮弹轰炸，顶面被掀翻，第二层更是弹痕累累，被炸出数个大孔，但其依然雄立于鄱湖之滨，是吴城抗日军民不屈不挠的象征。

1988 年 6 月，政府筹措 34 万元重修望湖亭。经过九个多月的修复，望湖亭焕然一新。立于高大的台基上，四层三檐四角攒尖顶，亭上琉璃叠翠，翘角入云，气势颇为壮观。慕名而来的人们登亭而望，远处匡庐隐现，来往船只穿梭如流；近处水光潋滟，碧草芳洲一望无垠。

2020 年 12 月，望湖亭再次重建。如今她正以伟岸的身姿屹立于鄱阳湖之滨，见证着千年古镇走向更加辉煌的明天。

第二节　海昏城址

海昏这一名称，最早出现在东汉史学家班固所著的《汉书》中，书中提到：汉高帝时，豫章郡辖海昏等十八县。

南朝宋元嘉二年（425 年），经历了 600 多年沧桑，人烟稠密的海昏县城因一场灾难而神秘消失。由于缺乏强有力的考古发掘及出土实物佐证，汉代的海昏古城址至今仍然是个未解之谜。

2007 年底，在南昌市青云谱地区连续发掘出数座古墓，墓中的竹简、墓砖上均出现了“海昏”二字。在一座东晋古墓中，发现了一根记载了墓主人身份的“名刺”，被认定为 1500 多年前神秘“消失”的海昏县籍骑都尉，这是首次发现能证明海昏古城存在的实物依据。后在一座六朝时期大型墓室中，“豫章郡海昏县”几个字出现在该古墓后室门口的三块墓砖上。一时间，“海昏”成了南昌市街头巷尾热议的话题。

据清康熙版和同治版《建昌县志》记载，海昏县城城址在今永修县吴城镇芦潭村一带。经过两千年的沧桑变化，海昏城址的遗迹至今依稀可辨，城址地面平坦，面积约 2.5 平方公里，原有东南西北四座城门。通过勘测，城墙基础还在，城中央高而平坦的土堆应该是衙署的废墟。

另据清《一统志》和《新建县志》记载，海昏国的原址就在现南昌市新建区铁河乡游塘村，当地居民又称之为“昌邑王城”。

海昏县城的消逝，在史料中只有零星记述。据《晋书》记载，东晋大兴元年（318 年），海昏县发生地震，水涌出，山崩。至今在吴城流传着“血洗基子殿，火烧泽泉街。沉掉海昏县，立起吴城来”的民谣。

海昏的沉没，让我们回忆起枭阳古城和浔阳古城，这两座古城也和海昏古城的命运无异，都悄无声息地被鄱阳湖水吞没。1972 年，有吴城村民在芦潭挖到过一段麻石条铺成的街道，而且每到枯水季节，

该村临修河的陡坎边便会现出几排巨大的木柱，其间沉积着厚厚的陈年谷壳和瓦砾，还可找到铜钱，当地百姓说这便是昔日“海昏仓廒（粮仓）所也”。据说风平浪静的时候，村北蚌湖还隐约可见水中的城池。近几年，许多历史学者、考古专家及各类媒体多次来到芦潭村，对海昏仓廒遗址进行了勘察和考证，给出了一些推断，媒体也进行了宣传报道。芦潭村是否就是古海昏城址，除有限的文字记载外，还没有其他更确凿的依据。

古海昏县城，无论是传说中神话般消失，还是受洪灾影响湮没于湖底，亦或是因地震所致灭失，因年代久远，加之没有翔实的史料记录及考古发掘佐证，暂且无法给出一个准确的定论。相信随着调查研究的深入，加之现代考古科学技术手段的不断提高，历史上的海昏城址有望重见天日。

第三节　吉安会馆

自古以来，吴城镇一直是江西对外商业贸易的要埠，发达的商运给吴城带来了空前的繁荣。来自全国各地的水客和商贾为了聚会、商务、住宿和囤货的需要，纷纷在古镇大兴土木，兴建同乡会馆，最盛时会馆达 48 座之多。较著名的有全楚会馆、山西会馆、广东会馆、浙宁会馆、福建会馆、徽州会馆、江西会馆、潮洲会馆、麻城会馆、吉安会馆、抚州会馆、奉新会馆、武宁会馆、建昌会馆等，其中以吉安会馆保存最为完好。

吉安会馆位于吴城镇中心，棋盘街北面，原名“合德堂”。始建于明代，现存建筑先后于清嘉庆二十三年、道光七年重修。

吉安会馆规模宏大，分前堂、戏台、中厅、花园、后堂等，占地

1000 余平方米。前堂为三开间，由一个正门、两个便门组成。正门门楣上方有一块巨大的石匾，边饰腾龙、车马、人物、花卉等浮雕，石匾上刻有阳文楷书“理学名臣”四个大字，笔力遒劲，端庄凝重，相传是明初大才子解缙所书，为纪念南宋民族英雄文天祥而题。左右便门上方分别刻有“居仁”“由义”，取自孟子名言：“居仁由义，大人之事备矣。”意思是说：一个有人格的人，只要居住在仁中，行走在义上，他所做的事就齐备了。这正是文天祥一生光辉品格的真实写照。徽式门楼上有各种花纹图案石刻雕饰，粗犷而不失细腻。整个前堂为两层的砖木结构，楼下两侧是厢房，中有内照壁，又称“影壁”，具有挡风和遮蔽视线的作用。照壁两旁各有一个门，是去中厅、后堂的通道。

前堂的楼上是观戏台。早年这里演唱茶灯戏异常活跃，为了接待茶客，镇上的会馆和茶行经常请些民间艺人清唱茶灯戏，又谓之“板凳曲”（坐在板凳上清唱）。同时，赣南来的排工也带来了不少赣南采茶戏剧目。饮茶听戏成了那个时代吉安会馆最流行的娱乐活动，茶灯戏风靡一时，并流传至九江、瑞昌、湖口和武宁等县，把茶灯戏演

唱活动推向高潮。清代陈奉兹《浔阳乐》诗云:“灯火照龙河,鱼龙杂绮罗。偏怜女儿港,一路采茶歌。”(见《敦拙堂诗集》)李天英亦有诗云:“锣鼓喧闹鹤焰腾,凤凰山上月初开。采茶歌罢东风起,吹出鳌山太子灯。”(见《武宁县志》艺文)这两首诗描述的,既是赣北地区茶灯戏演出的情景,也是吉安会馆设立戏台的文化背景。

观戏台北面有一排木栏杆,这种人性化设计无疑是为观戏者安全考虑的。左右两边各有一个吊楼,与观戏台连成一体,可通向中厅、后堂。

吉安会馆整栋建筑颇有特色,月梁、斜撑、雀替、门窗等构件无不精雕细凿。尤其引人注目的是顶部的椭圆形藻井,精美的木雕、精湛的工艺令人叹为观止。

新中国成立后,吉安会馆曾用于开大会、放电影,可容纳千余人,还举办过书法、美术展览。20 世纪 70 年代,中厅和后堂被拆除,仅剩前堂部分保存完好。

第四节　天主堂

吴城天主堂,始建于明万历二十三年(1595 年),原址位于今吴城镇政府所在大院内。1954 年,天主堂主楼被拆毁,仅留存神父日常生活起居的附属建筑。

鸦片战争后,西方传教士利用特权在吴城镇建有法国天主堂、美国耶稣堂、英国礼拜堂、荷兰天主堂等,有 4 名法籍神父、2 名英籍牧师、1 名美籍牧师、1 名荷兰籍神父,发展教徒近千人,开办小学和育婴堂。民国初期,受“非基督教运动”的影响,外籍传教士纷纷回国,仅剩荷兰籍神父 1 人、法籍教士 1 人,另有传教士和教徒 500 余人,其中

教徒主要为商人和无业人员。民国 13 年（1924 年），教堂兴办“崇贞”小学，招收学生 100 余名，学校分设男、女班，学习文化。抗日战争时期，荷兰神父徐赓和在教堂开设医院。新中国成立后，徐赓和被遣回国，学校停办，传教活动停止，仅余教徒 45 人。医院由人民政府接管。

现存的吴城天主堂附属楼具有浓郁的欧式风格，上下两层，占地面积 500 余平方米，砖木结构，墙面为青砖砌就。小青瓦，四坡顶。建筑内部木材用料较大，窗框为拱形砌筑，线条优美流畅。地面全为木制地板。房间隔成小间，左右大体对称，中为公共过道。该建筑对于研究吴城历史文化具有重要价值。

第五节　万氏贞节牌坊

从永修县城出发沿着永吴公路前行，距离吴城镇约 5 华里处有个大同村，在村边的东侧田垄上，耸立着一座花岗石建筑，它就是“万氏贞节牌坊”。这也是古镇吴城目前仅存的一座贞节牌坊。

万氏贞节牌坊修建于清乾隆年间，南北坐向，通高 7 米，面阔 8 米，是一座典型的四柱三开三重檐结构牌坊。该建筑工艺精湛，雕饰精美，造型端庄典雅，构件之间采用榫卯楔合。底部由8块抱鼓石支撑，石上刻有简朴的图案。顶部原为镂空雕葫芦宝顶金刚座，楼盖共圆雕六鸱吻。三重飞檐层层上收，呈张口吞脊展翅欲飞状。一重檐下坊原有“圣旨”二字，四周刻有“九龙捧圣”雕花图案，两面嵌花鸟、人物浮雕，花卉繁茂，鸟兽欢跃，人物栩栩如生。二、三重檐正背两面均嵌有题刻，正面上书“节凛冰霜”，下刻“旌表节孝业儒叶殿池之妻万氏”；背面上书“冰清玉洁”，下刻“旌表节孝太学生叶公瑞亭之媳儒童殿池之妻举人万公年颂之侄女生员中立公之女”字样。遗憾的是，大量精美的浮雕装饰在新中国成立初期被一场突如其来的龙卷风掀掉。如今，虽然只剩下二三两重骨架，但仍不失庄严宏伟之气势。

每座牌坊都承载着一段历史，万氏贞节牌坊背后也有一个催人泪下的故事，一直在民间口口相传。

乾隆年间，吴城大同村住着叶姓和万姓人家。叶家主人叶瑞亭为国子监太学生，他有个儿子名叫叶殿池。万家主人是位秀才，有个爱女名叫万巧玉。殿池与巧玉从小青梅竹马，两小无猜，情同兄妹。16岁时，巧玉已出落得亭亭玉立，美艳动人；殿池也长得英俊潇洒，一表人才。眼看都到了谈婚论嫁的年龄，双方父母见这对儿女互生情愫，

眼角眉梢写满欣慰，有意共结秦晋之好。请媒人说合后，两家订立婚约，打算来年春上为二人择日完婚。

叶殿池是位好学上进的后生，从小立志考取功名，光宗耀祖。眼看院试临近，他埋头苦读，废寝忘食，竟因积劳成疾不幸殒命。此时巧玉尚未过门，本是天作之合的一对佳人瞬间阴阳两隔。

未婚夫英年早逝，巧玉悲痛欲绝，终日以泪洗面，茶饭不思，仰天长叹：自古多情空余恨，此恨绵绵无绝期。认为自己虽是叶家未过门的媳妇，可既与殿池订下亲事，就不能违背诺言。后来，无论媒婆如何巧舌如簧上门提亲，都被她一概拒绝，她发誓终身不嫁，毅然决定去叶家过日子，为殿池父母尽孝道。

春去秋来，花开花落。巧玉在叶家数十年，守身如玉，含辛茹苦，视公婆如己亲，在寂寞中耗尽年华，直至老去。

万巧玉守节之事在当地被传为佳话。乾隆皇帝得知后感念其德，颁旨旌表，赐立贞节牌坊。牌坊落成后，前来瞻仰者络绎不绝，文官落轿，武官下马，盛极一时。

随着时光的流逝，这个故事早已化作历史烟云，然而这座傲然挺立着的牌坊却给人们留下了无尽的思考。

第六节　豆豉街

明清时期，吴城大小街道不计其数，其中最为繁华的就是豆豉街。豆豉街因生产豆豉的作坊而得名。此街重要商铺林立，商业老字号不下百家。从望湖亭左侧的百叶垄和右侧的下码头（又称上街头）起，至骆家垄连接棋盘街、蝉丝巷（又称下街头），之间还穿插了赵家巷和陶家巷等小巷，长约 1000 余米。

豆豉街是吴城镇的商业文化中心，各类建筑鳞次栉比，青石板街干净平整，沿街七十六行样样齐全，老字号比比皆是，人来客往热闹非凡。据记载，在20世纪30年代，整条窄长的街道上空架起了一道长长的玻璃雨棚，把古街打扮得明亮光洁。人行走在街上，能听到小贩们叫卖的吆喝声、铁匠铺打铁的敲击声、钱庄典当行里铜钱银币的存兑声、学堂的读书声、戏院的锣鼓声、教堂的撞钟声、码头的装卸声、排工的号子声、望湖亭翘檐的风铃声、洋船的鸣笛声……声声贯耳；又能闻到酒铺的酿酒香、糕饼店的点心香、茶馆酒楼的茶酒香、药房的麝香、榨坊里的油品香、米行的机米香、纸行的油纸香、麻行的苎麻香、寺庙里的供香、大澡堂的熏檀香、大户人家后花园里的四季花香、烟馆里的黄烟香，还有街头巷尾太太小姐和烟花女子的脂粉香……香气袭人。

豆豉街两旁建有山西会馆、广东会馆、徽州会馆、江西会馆（万寿宫）、尤廊会馆五座会馆，有财神庙、东岳庙、关帝庙三座庙宇，还有蔡家公馆、叶家老屋等天井式大宅。

豆豉街上有同乐、明乐两座戏院。过去吴城周边的几个县城均无

戏院，富人们都要租船来豆豉街看戏，可想当年这里的热闹程度。同乐戏院建在下街头，明乐戏院建在上街头，清嘉庆时创立。在这之前，凡会馆搞聚会、庙宇做庙会时，均去外地聘请戏班来吴城演出，因庙馆多，加上庙会时间又比较集中，特别是万寿宫前的独脚戏台，吴城的七十六种行业都要轮番请戏班在此演出，因此各庙馆和行业之间往往为争夺戏班而发生矛盾。在此情况下，这两座戏院也就应运而生，成为吴城梨园行的主要演出场所。

1939 年，吴城被日军轰炸，豆豉街也未能幸免。被炸后的古街面目全非，仅残留了石板街道、万寿宫基址、白马庙门墙及少量商业老字号。本世纪初，白马庙门墙因年久失修而倒塌，但其石构件至今留存。

第七节 修河古码头

古码头是古代城市经济繁荣、文化底蕴丰厚的实物见证。静卧在修河岸边的古码头所蕴含的码头文化景观，就是吴城作为江西四大名镇之一、依靠转口贸易对外商业交往的最直观展现。

千百年来，吴城商贸兴盛，坊肆栉比，购销两旺。据史料记载，明清时期，每天有千余艘商船在镇里各处码头抛锚停泊，依靠码头生活的搬运工人多达万人，盛况空前，堪比一幅吴城版的“清明上河图”。这些码头中，较为著名的有八大码头，即大码头、杨泗码头、全楚码头、五显码头、司前码头、潘房码头、下码头、中码头。靠码头发展起来的集贸市场异常繁荣，百业兴旺，经营布匹、百货、南杂、农副土特产等生意的店铺超过千家，有民谚为证：“茶商木客盐贩子，纸栈麻庄堆如山。五业为主百业兴，集镇繁荣几百年。”清乾隆至咸丰年间，吴城商贸运输业进入鼎盛时期，口岸转输功能远超省府南昌，享有“装

不尽的吴城，卸不完的汉口”之美誉。辉煌的商贸文化，让历代吴城人引以为豪。

吴城的码头上主要活跃着三类人：搬运工、排工及商贩。常年生活在码头上的少有富人，大多是贫苦劳力者，条件好点的大概就是码头上的商贩们。码头上有两类商贩；一类是流动小商贩，他们一般是在家做好吃食，用篮子或筐子装好，手挎着、肩挑着到码头上找块空地放下就开卖，对于码头上的流动商贩来说，小吃的味道好不好没有那么重要，关键在于会吆喝，吸引来了人，客人就会越来越多；还有一类是固定商贩，他们在码头上开有固定的店铺，例如茶馆、酒馆、面馆等。

商贩的存在为古镇码头增添了许多烟火气。通常天刚蒙蒙亮时，码头上卖早点的小贩们便吆喝开了；深夜来临了，连接着码头的小街上，酒馆、茶馆仍旧灯影闪烁，客人不绝。能在码头上开设酒馆、茶馆且生意红火的商贩，不是有着一定的背景势力，就是非常地能说会道、处事圆滑，深谙人情世故，因为码头上的人到酒馆、茶馆除了喝酒喝茶，经常还会在这里洽谈生意。他们之间有时发生矛盾纠纷，稍有不合，轻则彼此指骂，重则摔杯子摔碗，大打出手，这时，店主人不得不出面调解，化干戈为玉帛。因此，吴城码头文化也是吴城诸多文化中一道亮丽的风景。

进入近现代以来，随着南浔铁路和浙赣铁路的先后建成通车，曾一向以坐拥黄金水道、水运便捷而著称的吴城陷入了困境，逐渐被铁路、公路枢纽上的重镇所取代。特别是抗战时期日军发动的那场侵华战争，更给吴城带来了毁灭性的灾难，商业贸易日渐衰败。

光阴荏苒，如今在吴城绝大部分码头已找不到昔日的踪影，唯见位于修河东岸的一段古码头尚残存遗迹。往昔吴城古镇“商贾云集、百货山积、舟楫如织、店铺林立”的繁华景象已成为永远的记忆……

第八节　武宁会馆

会馆是吴城文化特色之一。全国各地的水客和商人瞄准吴城黄金码头的生意，纷纷抢摊鼎盛时期的吴城。他们出于商业贸易等方面考虑，以及归属感的需要，热衷于自己乡土帮派的建设，利用会馆洽谈业务、接待同乡、维护权益、凝聚乡情。

清朝末年是吴城会馆最多的时期。这些会馆建筑规模巨大，结构缜密，工艺精巧，具有各自独特的艺术风格。遗憾的是，浓缩吴城文化精华的大部分会馆建筑先后被毁，仅存于文学记载或上辈人的记忆中，人们只能从遗址感知昔日盛景。

武宁会馆是吴城现存的两座会馆之一，位于修河边的团山岭西部。清乾隆五十五年（1790 年），寓居吴城的武宁人把云山周田人所建的惠民寺、圆通庵购入，拆建为武宁公馆。嘉庆八年（1803 年），改建

为武宁会馆，奉祀乡神丁令威和白马董公，用于乡人居住和木材储存转运，由云南巡抚谭尚忠为其题写门额。

新中国成立前，武宁会馆建筑占地十多亩，是一座富丽堂皇、气势恢宏的艺术殿堂，雕梁画栋，飞檐斗拱，布局错落有致而浑然一体。无论是建筑风格，还是雕刻工艺，堪称上乘艺术瑰宝，在当时会馆中称雄一方，规模可与吴城万寿宫相媲美。令人惋惜的是，在抗日战争时期，武宁会馆遭到日军飞机的轰炸，仅存前门门墙及部分主体墙基。“文革”时期，武宁会馆被列为“破四旧”的对象，被捣毁了部分墙体，有识之士在其前墙上糊上水泥，镶嵌上带有明显时代印记的红五角星等标志。20 世纪 60 年代至 80 年代，会馆为吴城搬运站所在地。

第九节　聂公庙

吴城古镇有座声名远扬的神庙——聂公庙。聂公庙始建于明末清初，是镇上香火最旺盛的庙宇之一。庙里供奉着“惠烈侯王”聂三、聂四、聂九三兄弟的神像，当地人习惯尊称他们为“聂公爹爹”。

传说聂氏三兄弟生前为官清廉，天赋神异，殁后均显灵于江湖，能兴云雨、除疠疫，更有平息风浪之神力，成为鄱阳湖及赣江流域的水神。人们对聂公的崇拜最早起源于临江府清江县樟树镇，后由“临清帮”传来吴城。吴城排工成立了一个“平安堂”的组织，此庙是排工们的活动中心。聂公庙的活动有舞龙灯（聂公庙的龙灯又称“太平灯”）、送花船（又叫“献阴兵”）、烧拜香三种形式，这些庙事活动旧时主要由富户出资操办。

聂公庙原址在老虎口西北面的聂家嘴，起初庙宇不大，后来才迁到两里之外的二府套中段。聂公庙为什么要从聂家嘴迁过来呢？这里有个神奇的传说。

相传清乾隆年间，吴城有个木行老板，做生意很不走运，总是亏本。聂公菩萨聂三知道他是个诚实善良且乐于助人的商人，有心想帮一把，于是变作人身来到凡尘，与这个木行老板合伙做生意。后来，他们赚了很多钱，木商成了吴城一位有名的富翁。富翁家财万贯，感恩之心却未泯灭，他决意要拿出财产的一半分给聂三表示感谢。聂三再三推辞不成，便说：“你若有心答谢我，不如用你的钱做些善事，把聂家

嘴的聂公庙扩建一下。”富翁想到自己的成功只是物质上的收获，重要的是应有心灵的修行，他爽快地答应了，第二天便来到聂公庙，一进庙门就被眼前的情景惊住了：端坐在神龛正中的聂公菩萨慈眉善目，相貌竟与自己的合伙人长得一模一样。他猛然醒悟，原来自己能发财是聂公菩萨显灵相助。于是他花了很多钱雇人把小庙迁移重建，在现址上建起了一座富丽堂皇的三重进庙宇。这事儿一传十，十传百，很快就在吴城及四乡八里传开，聂公庙的香火因此越来越旺盛，南昌、新建、建昌、星子、都昌、鄱阳的香客都来这里朝拜。

吴城有“上七大似年”的说法，每年正月初七这天，聂公爹爹都要“出方”。所谓“出方”，就是将神坛上三尊聂公菩萨抬出去通街巡游，给全镇百姓拜年。巡游时，守护神杨泗将军紧随其后。男女老少满街跪着，顶礼膜拜，叩首作揖谢恩，祈求菩萨消灾除祸，保佑风调雨顺，四季平安。此时，街市上爆竹声此起彼伏，香烟袅袅，场面十分壮观。

农历三月十五日是聂三菩萨的生日。这天，善男信女都会到庙里进香朝拜，虔诚地为聂公爹爹贺寿，纷纷把祝寿礼金塞进功德箱，将香烛、水果、点心、长明灯油等供品摆满神案。整整一天，木鱼声声，钟磬悠悠，爆竹喧天，硝烟弥漫，祝福声、祈祷声不绝于耳。

聂公庙毁于“文革”期间，现在的聂公庙是 20 世纪 80 年代由吴城镇居民叶久安牵头群众自发筹资重建。

第十节　章亚若故居

章亚若，民国才女，出生于吴城镇，曾担任蒋经国秘书，后与其爱恋，并产下双胞胎蒋孝严、蒋孝慈，半年后在广西桂林医院离世。

章亚若故居位于吴城镇豆豉街东北一台地上，是一栋清末民初的典型民居。建筑立面具有浓厚的欧式韵味，据传为比利时传教士所建。民国初期，传教士又将其转卖给一荷兰人，荷兰人对建筑进行了重新

改建，增添了阁楼及通风设施。后章亚若一家迁居于此。

该建筑共两层，占地面积600余平方米，砖木结构，墙面为青砖砌就，四坡顶，小青瓦，窗框为拱形砌筑，线条优美流畅，墙基四周有对称的排气孔若干。一层地面为条形青砖铺就，中为客厅，两边为卧室，客厅末端有木质楼梯通向楼上。二层为木制地板，房间左右对称隔成小间，中为公共过道，过前门可通往外置阳台，阳台为全木结构，由四根砖柱支撑。建筑前建有八字型围墙，占地面积250多平方米。据说门前原有一对石麒麟，“文革”时期遗失，现立有一对新雕的石狮。

章亚若故居历经百年风雨，依旧保存完好。2012年9月，蒋孝严回大陆祭祖时，专程造访吴城，来故居探访并留下了“寻根深源人之本也”的墨宝。

该故居现已被列为县级重要文物点予以保护。

第四章

非遗民俗

历史的背影渐渐远去，许多曾经的生活和人文记忆消失在喧嚣的现代文明社会里，一段唱腔，一声排号，一句竹枝词；一刨木屑，一块烙铁，一条薄竹篾……无不凝聚着先人的智慧，需要我们一起保护和继承。

遇见吴城，最倾心于遇见她的遗产与风情。

第一节 丫丫戏

丫丫戏是一直活跃在永修的民间戏曲，自明万历年间开始，至今已经延续了400多年，有着深厚的历史渊源和独到的艺术特色。2014年，永修丫丫戏被列入第四批国家级非物质文化遗产代表作项目名录。

丫丫戏发源于永修县滩溪镇一带，兴盛于吴城镇。自古以来，吴城是江南重要的水运码头，发达的商贸带来了文化的繁盛，最为鼎盛时期，大小48座会馆里不仅有繁忙的商业交往，也有众多的娱乐活动。本地商会召集乡民班社演唱地方俗曲、彩灯民歌及坐凳清唱的板凳戏，外地商会也把自己家乡的戏班请来演出。后来，这些戏班走出会馆，在茶楼、客栈等地为商客演唱，使古镇更为繁华。

坐凳清唱的板凳戏就是丫丫戏的最初形式。早期的艺人在会馆戏台上或街面店铺前，坐在板凳上为南来北往的商人和左右街坊演唱民歌小调、花鼓采茶。后来不断吸收武宁、南昌、靖安等地采茶戏的精髓，逐渐脱离坐唱，开始化妆表演。因其女角全部由男童女扮，头扎两个高耸醒目的丫鬟小结，久而久之，渐成一派，人们就叫它为“丫丫戏”。

丫丫戏现存剧本大小数十部，其中《七层楼》《黄婆井》等为世代流传保留剧目，也有《三女拜寿》《绣鞋记》《界石钟》等40余出，另独创剧目小戏有《桃花岭》《撇芥菜》《花子闹府》等20余出。

丫丫戏的行当主要以人物类型来称呼，主要有大王（净行）、小丑（小子）、白须（老生）、丫环（小旦）、青须（正生）、上首生（小生）、上首旦（青衣）、小姐（花旦）等。另有手下兵卒，男兵统称“喳将”，女兵称“丫将”，家院称“弯生”。

丫丫戏单纯以打击乐的形式伴奏，具有区别于其他戏种的独特性。伴奏乐器主要有小鼓、大鼓、小锣、大锣、大钹。开场前，通过击打锣鼓来渲染气氛。演唱时，锣鼓穿插于唱腔之中，几乎是一句一锣，轻重缓急富有规律。当代丫丫戏虽然增加了大锣、顶钹、云锣、堂鼓、广板、滴板等多种打击乐器，但一直保持了锣鼓干唱的原始状态，所以戏行里有“一面锣鼓半台戏”的说法。

丫丫戏曲调丰富，板式齐全。大戏曲调有平板、检板、急板、叹板、悲板、还魂板等，如平板《三女图》中的《我夫不将我认》，叹板《方卿戏姑》中的《小方卿在花园梦中睡醒》等等。平板是最常见的曲调，又分上首生、上首旦、白须、大王四行唱法，唱词结构一般为三、四、六句，可以无限反复。小戏唱腔有的是一戏一曲，有的是一戏多曲，形式多样，如花腔、对口词、小调等。花腔中小姐行的唱腔趣味活泼、多姿多彩，更具民间小戏的风采，如《桃花岭》中的《我今打坐桃花岭》等。

丫丫戏在唱念上悠扬悦耳，多是口头语白话，唱句之间夹以地方色彩浓郁的“嘞”“唉”“咦”“啦”等衬词，如《梁山伯与祝英台》片段中的《请出来小九妹好做定夺》的唱词“我（呀）二人说起来美不美（哟嗬嗬），乡（呀）中（嘞）水（吔）”，观众听起来显得尤

为亲切。在表演上身段简单，因为坐唱与扮唱时常转换，故而仅有插花、对衬、跑拜、奔跳等动作。

丫丫戏在历史发展上有三次高峰：一是清嘉庆年间，永修柘林文人王铁人自办王家丫丫戏戏班，并多次带班到吴城镇各大会馆戏台演出，名扬修潦两岸，在他的影响下，全县产生了50余家丫丫戏戏班。二是清末民初，永修南北村落的各个大姓屋场都有自己的班社，每逢正月到二月间，拜年看戏已成习俗。杂姓家族交流演戏叫“送戏”，同宗同祖演出称“联宗”，两班同台演出是为“赛戏”。在秋收季节或男婚女嫁的日子，乡民们也要搭台唱戏。三是新中国成立初期，全县各地农民自发组织了40余个农村业余剧团，1954年和1958年举行了两次会演，尤其是1958年有200余人参加了调演，丫丫戏成为当时永修最受欢迎的戏曲，几乎达到了家家有演员、村村有戏班的盛况。

历经岁月风雨，永修丫丫戏曾一度停演，迈入新时代后，她又重新风生水起，至今全县有10多个剧团活跃在农村的田间地头、乡村的百姓大舞台和全县的文艺演出活动中，并不断取得新的艺术成就。《七层楼》《黄婆井的传说》获江西省第二届民间艺术节农民小戏二等奖，《打底劝夫》获首届“汤显祖杯小戏小品大赛”剧目二等奖等。

丫丫戏是中华大地上众多地方民间戏曲文化中的瑰宝，它深深扎根于乡村，融入于群众的血液之中，一直伴随着历史沉浮。相信在不久的将来，一定会在古镇重放异彩。

第二节　排工号子

清初，会聚吴城的排工达数千人，他们在喊号声中劳作。历代排工利用这里得天独厚的条件，兼收并蓄，又满口乡音入调，形成了具

有浓郁地方特色的排工号子。

吴城排工号子是排工生产时的原始声乐，民歌韵味十足。它产生于劳动，又服务于劳动。当年在吴城，只要有木排生产作业场所，必定能听到排工们异口同声发出的悠扬悦耳的号子声。

排工作业时，根据不同的工序唱出不同节奏的号子，大体有扎排、捞排、传缆、倒梁、扛排、出锚、提锚、绞车等号子，每道工序有一专用曲牌。排业是个体力活，讲究分工合作，需要大伙儿心往一处想、劲往一处使，排工号子起着统一指挥、协调动作、鼓舞士气、激发劳动热情的作用。

具体来说：

扎排号子　排工用篾缆将木头捆扎加固扎成底排的号子，此曲一领众和。

捞排号子　排工用铙钩将漂浮在水面上的木头先沉下水，再凭借木头的浮力，齐心协力将木头迅速钩上底排时唱的，由一人或两人领唱，节奏较自由。

传缆号子　将篾缆传到尚未成形的排上使用时唱的，此曲一领众和，节奏明快，音调起伏婉转。

倒梁号子　排工把木竹扎成排后，将木排的首、中、尾三部分用篾缆把数根横梁扎紧扎牢，防止木排被冲散时唱的，旋律大起大落，节奏刚劲有力。

扛排号子　当木排搁浅时，排工跳入水中每人将一根碗口粗细的木头伸进排底，或以肩扛或用臂力使劲撬动木排时唱的，声音低沉浑厚，听之抑婉凄然。

出锚号子　木排成形后，众排工把系着粗棕缆的铁锚通过木制葫芦架慢慢下到河床底或固定在岸边，防止木排漂流时唱的，此号配以激烈的鼓点和“嗨哟、嗨呀”的呼喊声。

提锚号子　众排工用葫芦架慢慢把铁锚从水底提起时唱的，此曲先击鼓三遍，后一领众和，召唤排工奋力起锚。

绞车号子　排工放排前摇动绞车起锚准备运行，或木排前进受阻时，将缆绳系于锚船上，大家一起绞动木制绞车，收缩缆绳，拉排前进时唱的，这种号子近似民间小调，表现排工集体劳作时的欢快心情。

吴城排工号子演唱形式多种多样，有比较自由的个人唱，大多与劳动的强度、动作的快慢相关联。有一领众和的多人唱，曲首用一短小的领句吆喝，时而高亢激昂，时而低沉舒缓，时而热烈奔放，起着发号施令的作用。和声配合默契、低沉有力，生活气息浓郁，音调粗犷，节奏铿锵，气势豪迈。歌词有二字、五字、七字句，间以衬句连接和

扩展，除“绞车”有成段实词外，大多只用衬词吆喝，譬如“起来哟”“倒梁哟”“龙出水哟”“拉倒了哟”等等。曲调用材省俭，结构上常用单一乐节或乐句多次变化重复，句幅较短，简洁明快，大多用一个基本统一的节奏一以贯之。

吴城排工号子的歌词内容主要有反映劳动场面的，如《倒梁号子》，曲调时而低沉时而高亢，简单的几个感叹词中饱含的感情极为丰富；反映生活情趣的，如《绞车号子》；反映不畏艰险的，如《放排号子》：“花开刘郎也有情，不怕山高水又深。高山自有人开路，水深自有撑篙人。”还有根据劳动场景而定的，如果是众人齐拉一根硕大木材，就唱“使劲拉”；如果是集体劳动就唱：“……哦哟，齐心协力扳，赣州下来十八滩，滩滩通到紫金山，紫金山上般般有，缺少芙蓉配牡丹……”

吴城排工号子是江西民间音乐海洋中一颗璀璨的明珠，具有独特的学术和欣赏价值。1951 年，江西人民广播电台搜集整理吴城排工号子，并制作成专题音乐节目在全省播放。1958 年，吴城排工号子参加了党的“八大”开幕式文艺汇演。1980 年，吴城排工号子编入《中国民间歌曲集成》。2010 年，吴城排工号子入选第三批省级非物质文化遗产名录。

第三节　竹枝词

竹枝词，又称“竹枝子”，本是古代巴蜀民间传唱的一种俗曲，每句中间以“竹枝”两字做和声，故名“竹枝词”。唐代诗人刘禹锡把此类民歌变成诗体，传世的 11 首竹枝词对后世影响很大。

竹枝词一般以吟咏风土文物或男女爱情为主，与地域文化结下了不解之缘。它常于状摹世态民情中，洋溢着鲜活的文化个性和浓厚的乡土气息。形式多为七言绝句，对平仄和对仗要求不很严，有的只有十四个字，分平韵、仄韵二体，取材随意，语言朴实，轻快灵巧，后来逐渐被文人学士所喜爱，在诗坛占有一席之地，成为文学史上一朵奇葩。

清代晚期，广东顺德人赖学海寓居吴城 40 年，“得交其地之贤士大夫，至于担夫、樵子皆而目识之”。亲身经历和耳闻目睹，他对当地的历史典故、社会现象、风土人情、生活习俗了如指掌。他对吴城倾注了自己的全部感情，“闲尝无事以韵语编之”，写下了 118 首《吴城竹枝词》。他在序言中生动讲述了半生客居吴城，收集和整理《竹枝词》的经历：

入境何缘俗便知，请听随地《竹枝词》。
半生闲作吴山客，漫把俚歌说土宜。

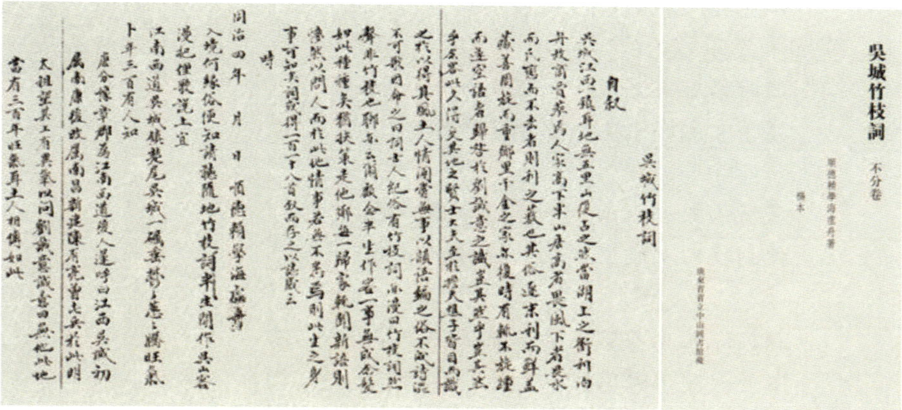
吴城竹枝词
不分卷
稿本

《吴城竹枝词》题材广泛，内涵丰富，意境深远，韵味悠长。内容主要可分为以下几类：

或吟历史典故：

汉朝废帝怜昌邑，肯把元封换此洲。
满目湖山犹故国，更无人问海昏侯。

断山红似赤霞城，崩岸墙高雉堞平。
漫说周遭围战舰，周郎曾此旧屯兵。

东坡行后已千年，顺济祠闻石砮传。
欲向井边寻故事，又登三十有三天。

江南西道吴城镇，楚尾吴城一砺垂。
郁郁葱葱腾旺气，卜年三百有人知。

望湖亭说望夫亭，野语由来是不经。
果见逆流三十里，女坟湖草向谁青。

或记市镇风貌：

无城何事号吴城，父老传闻亦未清。
不是阿公粘告示，无人知道六坊名。

巷名十八数条条，高下行来步步娇。
谁筑球场油洒地，葡萄架度七星桥。

或描风光景致：

旧时名胜未凋残，一日无如午后闲。
携手望湖亭上去，石栏干畔看庐山。

凤凰山接磨盘山，一道情城缥缈间。
便到垅心双股里，几人掉臂出情关。

八门深入见人家，古木寒云伴岁华。
不是武陵溪畔路，一般流水有桃花。

或述风俗民情：

货郎分设庙西东，新客来看万寿宫。
七十六行轮演戏，坊前重叠挂长红。

武宁会馆尽祠堂，八月秋凉好进香。
衫袖半肥缨帽瘦，满街锣鼓接姑娘。

深巷人家门却开，麻糖攒盒一堆堆。
入门笑请“端元宝”，送个清清吉吉来。

丁家山里迎神会，初九游人逐队行。
便到八门何所见，四边一派响舆声。

早田收稻及良辰，一片黄埃入望匀。
竟砍豚肩催打酒，请将亲友共尝新。

或写土物特产：

遭逢伪汉避干戈，父老相传或未讹。
一十八年无网户，松门从此出鱼多。

阵阵黄沙下渚矶，秋风秋雨出银鱼。
可怜密网犹羁汝，曝向秋白似丝缕。

野语无根也自传，草茅供奉帝王尊。
冬瓜为作明皇枕，模样如今不复圆。

这些内容细腻地描绘了鼎盛时期吴城镇的繁华景象和众多的行业生活，写出了平民百姓的喜怒哀乐，为世人打开了一扇洞悉吴城历史和人文的窗口。

《吴城竹枝词》文字清新朴实，语言平易流畅，少雕饰而多自然，生活气息浓郁，极富民歌风味，风趣而不庸俗，幽默而不猥琐，故而广为流传。为使简短的诗句深入浅出，作者还在大多数诗词下面注明了相关事实，补叙了相关背景，让人读着读着，感觉如同踱进了一幅岁月流淌的历史画卷中。

第四节 圆木技艺

在吴城“茶、木、盐、纸、麻”五大行业中，木材转运对当地商贸的支撑作用最大也最长久，这里一度成为江西木材外运的最大集散地。作为百业之首的木排业，给当地“七十六行”之一的木业带来了空前的繁荣。

吴城木业的传承分为“泰山派”和“鲁班派”，大木业、小木业属于“鲁班派”，而技艺繁复的圆木业属于“泰山派”。圆木业多来自都昌一带。

“七十二行当，圆木最难学。”一名想学有所成的圆木工，入门要半年，学好基本功少则三年，多则五年，没有技不离身的磨砺、耳聪目明的悟性、吃苦耐劳的韧劲，练不出来手上的“好把式”。

“圆木家伙多，一担挑不落。”打圆木使用的工具种类多，主要有锯子、斧头、刨子、钻梢、凿子、木锉等等。这些工具大小不同，有的分量很沉，走街串户去东家干活，满满当当一大箩筐，一般人还真就挑不起上百斤重的家伙。

打圆木的工序根据物件的不同而各有区别，如做饭甑就不很复杂，“饭甑两头空，大小一个工”，大师傅大半天就可以完成。烦琐的，“光做一个脚盆，就要七十二道手脚”，其他如做风车、坐桶、火桶、把斗、圆凳、圆桌、龙骨车等等，都有不同的工艺。

比如，做木桶就有下面九道工序：

锯木成材 用长短不一、弯直不同的锯子，对老山材或是存放多年的老木头分板。

断木剁板 用斧头将锯开的实木劈成小料，再将小料剁成大小、弧度都合适的初坯。较长的木料要用墨斗画线。打初坯时，各种凿子轮番使用。这一步是关键，初坯的大小、厚薄，全看手上的“三板斧”平不平整。

刨缝求圆 用粗刨等工具对初坯表面进行首次抛光，刨成圆缝，以求得木桶的大小直径，为木桶定型，圆木业和大小木业的区别就在于此。

型材的内弧用名为大腰锋、小腰锋的刨子抛平，靠眼力、手劲和经验将内外弧修整圆滑。

划削钻眼 用尺测量后准确画出插削的位置，再用钻削钻孔。

卯接斗榫 将型材按大小、长短分类，把老山竹做成的竹楔两头插入钻孔，型材两两榫卯在一起，用羊角锤细细敲打，慢慢整成桶的毛坯。拼拢后，根据拉线的位置将毛坯锯成上下规整的桶形。

打箍导棱 用铁丝或竹篾在桶坯的外面中间扎一道简单的毛箍，再用各种导棱刨子将桶坯上下的内外沿都刨出有棱角的边沿，让木桶定型。

刨光扫脚 用不同的圆刨、螺丝刨将木桶内外刨得光滑、圆润、干净，用专用扫脚刨修边。

平底平口 用圆凿凿出木桶内部下方的底沿，将事先做好的木桶圆底板摁进去，用小锤一点点敲打，使底部慢慢合口。去掉毛箍后，顺着外沿用圆刨再次刨光。用双箍的铁丝正式绞扎好后，用专用大刀将接近成品的木桶上下口沿修平，再用一字刨收口，之后安上做好的桶把。

打磨上油 用铁砂纸将木桶内外仔细打磨多遍，有缝隙的地方用腻子刮灰后再打磨。每隔三天刷上一次桐油，刷三次，自然晾干后上清漆，成品油光锃亮。

这样的木制生活用品，有经验的老师傅可以打出 100 多个品种。过去吴城的人家要嫁女，必须要有“大脚盆、小脚盆、脸盆、凉桶、马桶”五大样陪嫁。富实的人家光脚盆就陪大小七样。再穷的人家，也会陪马桶和大小脚盆三样。

而马桶也叫“百子桶”，能讨个“百子千孙”的好口彩，陪嫁当然是必不可少的。

过去吴城镇的圆木业一度兴盛，在清末民初镇区4000余户商户中，从事木业的师傅就有七八百人。到抗战前夕，聚集在镇上十八坡一带的木业商户还有100多户，每户至少都有“五把斧头”，每一把斧头意味着就有一名木工。新中国成立后，镇政府先后成立了圆木合作社、木器合作社，其中圆木合作社最大，由40多家商户共200多名从业者组成。

随着时代的变迁，特别是生活环境的改变和生产工具的改良，吴城圆木业同许多传统手工艺一样离我们渐行渐远，濒临失传，它却是我们宝贵的非物质文化遗产，不仅需要铭记，也需要传承。

第五节　铁匠技艺

吴城镇的铁器行主要打制“钢火”（菜刀、镰刀、柴刀、篾刀、斧头）、锄头、耙子、铁锹、船锚、铁链以及船用螺旋桨等等，五花八门，用途十分广泛。其他行业几乎都要用到铁制品，故民间有“七十二行，铁匠坐上”的说法。

铁器行是技术含量很高的行当，不同的铁器，工艺流程也不同。打制一件器物，一般由甲乙两人协作完成，甲放置、翻动铁原料或胚子于炉膛，乙“扯炉”（推拉风箱），使炉火更旺而迅速将原材料或坯子烧红，当烧至红而亮的程度，甲迅速从炉膛将其取至铁砧上，二人你一下、我一下有节奏地捶打。这样烧、打往往要反复几次甚至一二十次，次数的多少，要根据器物的大小、工艺的繁简而定。

打制铁器的步骤往往很复杂，如打制一把菜刀，需要数道工序：

制胚　选定或裁好大小合适的较厚铁板，烧、打成坯。

砍钢　将烧红坯子的刀口处用凿子剖开，将事先准备好的钢条嵌进去夹拢，不能有杂物进去。

烊火　把夹拢刀口的坯子经过再次烧红后打紧，渐打渐冷后再烧，烧了再打，这样反复操作十几次。在这个过程中，刀面连同夹进去的钢条一起越打越薄，快要成形时，里面钢条的长宽都会加大到原先的2～3倍。

剪口　烧红后将刀的边沿整理成形，逐步冷却状态下“颠平”（敲打平整）成型。

冷作　将刀表面铲平，把刀口锉锋利。

淬火　把加热到快要融化的刀放入备好的河水中，以增强硬度，这步很关键，掌握火候需要长期实践才能找到感觉，往往只能意会而不可言传。

颠铲　淬火后的刀刃往往会卷曲，需要再次锻打平整，把刀面的凹凸处铲平。

斗把　给刀安上呈腰鼓状、比较光滑的木柄，涂上清漆。最后“锉磨”，将刀刃锉、磨得锋利，使之两面磨白，最终才算成器了。

铁匠师傅的这手好功夫，除了勤学苦练外，三年甚至更长时间学徒生活的磨砺必不可少。过去到铁匠铺学徒，除拜师仪式外，家长还要与铁匠师傅签订类似于现在合同的文书，内容主要包括：学徒至少三年，师傅不收费，也不发工钱，管中午晚上两餐饭等。三年期间，每天收工后，徒弟要做完三件事才能吃晚饭：一是修炉，修补好烧铁炉膛内脱落的泥巴，用水调弄到能用秤钩钩起、不稀不硬的形态。二是洗锤（吴城方言，念“除”音），打铁时会在锤把上留下汗渍，如不洗掉次日握起来会打滑，使不上劲儿，清洗时要徒手抓取铁砧下的铁屑擦洗。三是加炭补水，铁炉旁桶里的煤炭用完了要添加并用水拌好，锻打“钢火”制品淬火时用的水缸里面的水不足了也要添加。第二天开工前，徒弟要提前到打铁坊，生好炉火等师傅到来。开工后，徒弟只负责“扯炉”。

徒弟就是这样周而复始，做着枯燥无味又无技术性的活儿。直到快满三年时，师傅才让徒弟上手“帮锤”，真正接触打铁技术。这个时候，打铁才是“三人组合”，铺子里响起“叮叮哆”“叮叮哆”的捶打节奏，第一声“叮”，是师傅单手指导性的引锤声，第二声“叮”，往往是大徒弟双手握锤使劲捶打声，第三声“哆”，才是新上手徒弟双手握锤小心试打的声音。

学徒期间，徒弟稍有不慎，往往还会受到师傅的责骂，所以老人们常说：“吃不得三年苦，莫进铁匠铺。”即便是满了三年，不长心的徒弟一般什么东西也不会打，因为师傅的秘技把关很严，留心学、有悟性的人才会学有所得。这个时候，师傅往往要留着徒弟在他身边再帮一年，在这第四年当中，才真正教给一些技术和技巧。

如今，随着社会生产力的发展，诸如农具之类的铁器制品大都由机器生产，一些生活上的铁制品被塑料制品替代，吴城镇的铁器技艺也逐渐沉寂，但吴城铁匠师傅们精益求精的工匠精神却传承了下来，为后人所敬仰。

第六节　篾匠技艺

篾器行是吴城镇商贸发达时期的行业之一，产生过许多心灵手巧的篾匠师傅。俗话说：“坐不过裁缝，蹲不过篾匠。”实用而且美观的篾器制品，需要篾匠师傅花费无数的时间和心力才能编制出来。

吴城的各类匠人大多来自都昌，篾匠也不例外。篾匠工具并不复杂，一把将竹子盘成细篾的篾刀是必备的，再就是小锯、小凿子、车转子、一字刨、车节刨、补针、钳扣、罗铲等。

篾匠技艺包括砍、锯、剖、刮、拉、撬、削、刨、编等基本功，而最重要的是剖篾的技术，把一根完整的竹子劈成各种各样的篾，如青丝蔑、黄蔑等。首先，要根据所做的篾制品种类，把一根竹子裁好，俗称“裁料”。其次是“车节”，把竹子节处突起的那一圈用篾刀车平。

然后是“开竹”，把竹子劈开，一根青竹对剖两半，做到两边一样大。接着是“打内节”，把竹子的内节打平，最简便的是用另一半竹子的一头顺次去顶这一半竹子的内节，这样能很快把内节打平。之后就是“分条”，把竹子剖成一条一条的，基本上要宽度一样。接下来是“下黄”，将竹皮竹心剖开，分成青竹片和黄竹片，“下黄”时要从竹梢剖起，青竹片剖出来的厚度要一样。最后剖出来的篾片粗细均匀、青白分明，这样正品的材料就准备好了。

材料备齐后，根据需要，要把篾片加工成“丝篾”和“扁篾”。“丝篾”，就是篾细如丝，要保证篾丝的宽度一致须用到“锏刀”，就是将两把小刀呈八字形钉在凳子上，刀刃之间的宽度可以调节，一根篾片放进去后，用一只手在前面压着，另一只手在后面拉动，宽了的部分就被削去。“扁篾”，就是把竹条剖成四匹、八匹或十二匹。剖匹后，用刮刀刮去每条竹篾上的毛刺边棱，这个用“度篾齿”完成。“度篾齿”有些特别，铁弯折成 120°，有一面刀口有两道特制的小槽，长凳上一头把一段约 50CM 的竹子绑在凳腿上，露出凳面 10CM 左右，把“度篾齿”的一边横插竹子。刮篾时，一只手拿一小截扁篾（剖成两半，但另一头不剖断，有柔性）压着，另一只手把柔软结实的篾从小槽中穿过，使篾的表面打磨得更加光滑和圆润，这样制成的物品就不会凹凸不平和刺手了。

青丝篾柔韧且极富弹性，可以剖得更细一些，适合编织细密精致的篾器，加工成各类极具美感的篾制品。而黄篾柔韧性差，难以剖成很细的篾丝，故多用来编制大型的竹篾制品。

好的篾匠师傅打的篾制品有许多讲究：砍的扁担，要上肩轻松，软硬适度，刚韧恰当；编的筛子，要精巧漂亮，方圆周正；织的凉席，要光滑细腻，凉爽舒坦。编织时，还要注意篾的正反面，一般正面在上，反面在下。至于篾剖成了四匹、八匹甚至十二匹，怎么分辨正面反面，就全靠基本功了，毕竟篾匠技艺是一门细致活，要经过多年磨练才能达到精熟的程度。

篾匠编制的篾制品有提篮、筲箕、撮箕、凉席、箩筐、筛子、簸箕、蒸笼、竹床、礼篮、竹凳等等，都是日常的生活用品，但也有船上用品。吴城过去船多，船舱的遮盖物用的都是篾制的油篷。制油篷，首先要测量船装货物部分的面积大小，然后把扁篾剖成韭菜叶那样两边薄中间厚的形状。编织时，一根与另一根紧密相接，并且一根的薄边与另一根的薄边相叠，而且相叠之后的厚度与每一根中间厚的程度一样，以保证整个油篷的平整度。编织完四周还要“扎边”，防止油篷松散。最后再刷几层桐油，晾干后就可以派上用场了。

菜篮和礼篮看起来差不多，但礼篮编织得更为精致，且是一对，用在红喜事中。比如订婚、嫁娶、回门、生孩子报喜等，礼篮外面还要贴上大大的“囍”字。

现在，吴城镇打篾器的师傅已经不多，但我们相信，随着吴城候鸟小镇的开发，游人越来越多，传统精美的竹艺制品一定会在篾匠师傅的手指飞舞间有更多的呈现，让我们充分领略到古镇老艺人不变的风采。

第七节　元宵滚龙灯

元宵节是春节的延续，也是古镇吴城最热闹、最喜庆的狂欢节。

每年从农历正月十一开始，一到黄昏，古镇的大街小巷便张灯结彩，大红灯笼高高挂，一些店铺和富户门前还悬挂金丝灯笼，房前屋后遍地点香燃烛，通宵达旦，明亮如昼。观看滚龙灯、狮子灯、蚌蛤灯、高脚灯（高跷）、彩龙船、花篮等的人流如潮水般涌动。

古镇吴城，元宵节闹花灯尤以滚龙灯最引人注目。

吴城的滚龙灯，有“乌龙”“黄龙”“红龙”“花龙”之别，且有主次之分，民间有“乌一黄二红三花四”之说。寻常百姓一般只玩红龙灯，据说黄龙要有福分的人才能玩，更不必说乌龙了，只有皇家才玩乌龙灯。当年吴城镇只有一条黄龙，属聂公庙专有，镇上的人视聂公庙为太平神庙，庙里香火特别旺盛，故黄龙又称作“太平龙”，也叫“太平灯”。其他庙宇如令公庙、五显庙、哪吒庙、太子庙、张飞庙也有龙灯，大多为红龙，张飞庙的龙灯又名“猪婆龙”，是屠夫们玩的灯。因为黄龙在诸龙灯中地位较高，玩灯时其他龙灯必须礼让三分，为避免龙灯相遇发生争斗，事先得由镇上绅士出面商定各条龙灯行走的路线。

按吴城习俗，每年正月十一起灯，一直要玩到正月十五，活动盛况空前，大街小巷热闹非凡。起灯的前一两天，由向导按行走路线向各住户、各店铺散发接龙请帖，居丧人家和不接灯的人家不散帖。接了请帖的住户要买好红布条、点心、爆竹并包好红包，做好接灯准备。

起灯的白天，各路龙灯首先要祭拜主庙的菩萨，然后再去各庙祭拜，祭拜时，摇晃龙头，高声喝彩，祈求菩萨保佑风调雨顺，五谷丰登，人丁兴旺，国泰民安。

龙灯入户，走在最前面的是“样龙”，由散帖人提灯引领，五六个人分别提着红灯笼，撑着装饰华丽的样龙和龙珠，敲着铜锣，按散帖顺序依次进入接灯的人家，说唱一番祝贺彩词，彩词四言八句，内容灵活变换，根据主户职业、身份等的不同即兴说出，表达吉祥祝福之意，以讨得主人欢喜。喝过彩后，大家随意入座，喝茶，吃点心，等待龙灯到来。

约莫十多二十分钟后，在紧锣密鼓声中，浩浩荡荡的龙灯队伍由远而近，龙珠在前，后面是整条龙灯，一般为十三节，每节点两支蜡烛。十几个大汉头戴凉壳帽，身穿对襟彩服，腰扎红布条，各持一节，个个容光焕发，精神抖擞。龙灯两边有不少随员负责维持秩序，手里或提着灯笼，或擎着熊熊燃烧的火把，紧随其后的是司锣司鼓等。一路灯火辉煌，欢声笑语，锣鼓喧天。舞龙队伍最后面往往抬着乘坐着响轿的菩萨压阵，场面十分壮观。

舞龙者撑着龙灯首先在主人屋里转一圈，以求平安吉祥，然后稍

事休息，喝茶，吃点心。只待哨声一响，十三名舞龙者便迅速起身，脱掉上衣，赤着臂膀，各撑起一节龙，站好桩步，在一声高过一声的锣鼓声中，跟随龙珠操转，耍出“叠罗汉”“龙摆尾”“蛇蜕皮”“单龙戏珠”“蟠龙闹海”等各种招式，将龙的动态和气势表现得淋漓尽致。

此时，主人已将事先准备好的爆竹摆放在厅堂，一封封拆开，缠绕在长竹竿上，街道两边十几个人举着竹竿专司燃放爆竹。一时间，龙灯翻滚，火花四溅，硝烟弥漫，狭窄的古街道全被烟雾笼罩着。

赏灯时，最吸人眼球的是舞龙人，人们一个劲儿往其背上燃放爆竹。龙尾是最易被捕捉的，倘若操舞不灵活，只有挨爆竹的分。有的背部被爆竹烧灼得青一块紫一块，仍然强打精神，不甘示弱。玩得尽兴时，店家和富户相互攀比，爆竹搬来一箱又一箱，花钱毫不吝啬。龙灯走后，地面堆积的爆竹屑往往有一尺多厚。

龙灯直玩到正月十五日深夜方停，正月十六是“残灯日”，不玩灯。这天，舞龙人用长竹竿抬着所获得的红布条满街巡游，以红布条多为荣耀。同时撑着龙灯，不敲锣，不打鼓，悄然无声地将龙灯解至河边送走，意为“龙归大海”，借以祈求“平安清吉”，农历新年庆祝活动至此圆满结束。

第八节　端午赛龙舟

“五月五，是端午。门插艾，香满堂。吃粽子，洒白糖。龙舟下水喜洋洋。”端午节，又称端阳节、菖节、龙舟节等，是民间重要的传统节日之一。

端午节前，吴城镇上家家户户都忙活起来，腌鸭蛋、酿米酒、包粽子，一样都少不了，这些也是节日期间人们走亲访友的物品。其中，粽子的馅也是五花八门，条件好的人家，肉馅、豆沙馅、蜜枣馅、蛋黄馅，各色齐全。

清明插柳，端午插艾。从五月初一起，家家都要把艾叶和菖蒲用一小截红纸包着，插在大门口的壁缝里，既图个清清吉吉，又起到驱蚊杀菌的作用，直到初五午时才收起来，有的人家还要把艾叶晒干，收集起来，今后遇到小孩肚子不舒服的时候，将艾叶捣烂敷在小孩的肚脐眼上。

端午节的早餐是很丰盛的，有粽子、包子、茶蛋、咸蛋、水煮大蒜子等。在满屋的艾香中，一家人围坐在一起“开通”（吃早饭）。早饭过后，在父母的叮嘱中，孩子们打扮得漂漂亮亮，穿上干净衣裳，就高兴地出了门，随身系上鸡心形或五角形、菱角形的小香囊，香囊里装有雄黄、艾叶、菖蒲等药材，胸前挂上装有红蛋的五彩蛋络子（彩绳编成的小网袋），由鹅蛋、鸭蛋染成的红蛋，寓意着驱魔辟邪保平安。望湖亭是他们这时必去的地方，女孩们一边赏景，一边美美地吃着小点心，大风吹过，头上的栀子花格外地芳香扑鼻。男孩们则取出红蛋，开始摩拳擦掌比大小、比蛋壳软硬，红蛋两两一碰之后，蛋完好的一方洋洋得意，举得高高，马上又寻找下一个对手，蛋被敲破的一方则在大家的起哄声中，气鼓鼓地将碎蛋一口吞下，腮帮子顿时鼓鼓囊囊，有的还被噎得眼泪直流，众人的嬉笑声就飘荡在望湖亭上……

午时未到，大人们用艾叶沾满雄黄酒，洒向居屋的四周墙壁和院子的每个角落，小孩子的眉心也要点上些许，求个辟瘟祛邪，顺顺利利。正席上来，扣鸡、红烧鱼、狮子头、炒线粉等摆满了一桌子，大家开始吃午饭，清明酒、雄黄酒是餐桌上必不可少的助兴佳酿，不胜酒力的，米酒酿子也要来上一口，吃好喝好，直到尽兴才作罢。

酒席一过，四面八方的人们就成群结队地来到后河（修河）岸边，为龙舟比赛加油助威。以龙舟赛来纪念屈原一直是吴城端午节的传统。农历五月开始，是鄱阳湖涨水的季节，前河、后河的水面也开阔起来。五月初一起，水面上就会传来不断的锣鼓声，到前河（赣江）观看龙舟训练的人们也越来越多。

比赛的时候，后河岸边人山人海、热闹非凡。有不少店家在望湖亭及周边摆上了许多餐桌和睡椅，茶水、冷荤、热炒，样样齐全，给观看比赛的人们提供方便。

在吴城全盛时期，全镇有数十处以庙会为单位各自制作的木龙船，船首是抬出水面数尺高的龙头，后面是翘起数人高的龙尾，船身窄而长，用彩漆画成鳞形。船的两侧分坐十几个精壮汉子，他们打赤膊，穿短裤，腰扎红布，手拿短桨。船中安置一面大鼓和一面大锣，一人击鼓一人敲锣，划桨的人屏声静气，听鼓声指挥，闻锣声举桨。

出发的号令一起，参赛队员们挥桨击水，有节奏地竞划，满河都响起“咚—嘭”“咚—嘭”的锣鼓声。河中的龙舟如离弦之箭，在水面上划出道道波纹。龙舟越划越快，比赛越来越激烈，岸上人们的心都提到了嗓子眼，入了会的老百姓为自己的队伍更是喊破了天，一直到分出个胜负。赖学海在《吴城竹枝词》中有这样的描述：

后河河畔看龙船，木桨凌空浪拍天。
是否神龙惟见尾，听来锣鼓亦阗阗。

龙舟比赛结束后，胜出的队伍由庙会主持人发给红的或黄的龙旗进行奖励。队长将旗帜插在船头，队员们则振臂高呼，随后击桨拍水，划着龙舟靠近河岸边，接受人们的欢呼和祝福。

吴城端午节赛龙舟的风俗一直延续到 20 世纪 80 年代。

第九节　中秋西瓜灯

中秋节起源于上古时代，普及于汉代，定型于唐朝初年，盛行于宋朝以后，至明清时，已成为与春节齐名的中国传统节日之一。

临近中秋节，吴城各大店果铺里的货架上就摆满了各种色香味俱的月饼，柜台前排列的玻璃瓶里装满了各色糕点样品。名目繁多的式糕、点、饼多以白芝麻为面，有大有小，有厚有薄，有的直径大至50厘米，每张桌子上放一只，饼面有月宫和嫦娥图样，美丽诱人。仅“糕”类就有十几种，最名贵的是花糕，在糕内精制各种名花，如制作梅花在一块糕内，再切成片，片片糕里都是梅花图。“点”也叫“点心”，又叫“茶点”，也有几十个品种，最著名的是“吴城酥糖”，还有“蛤蟆酥”“菱角酥”“桃酥”等。饼类有几十种，其中中秋饼有荤素两种，当地徽商加工的素饼主要是“麻碱饼”“双麻薄饼”，这是吴城的特产，看起来“金面、银边、黄腊底”，吃到嘴里香、甜、酥、脆，中秋节摆在香案上祭拜月神。而荤饼主要是“麻仁饼”“葱酥饼”，烤成“上下两面桂花黄，银色圆边蛋白香”，还有最名贵的“火腿月饼”，用真正的金华火腿切成细丝，蒸烂连油带汤汁配以白麻仁粉和上等面粉、白糖精细加工而成，甜咸适度，香气四溢，鲜美无比。

中秋节这天，吴城镇上家家户户都会备好西瓜、柚子和月饼。小孩则拾来砖块，在院子里堆砌成五六尺高的小宝塔，准备迎月赏月。

月亮还没有升起，家家户户就在外面就摆好了供果，中间是印有“花好月圆”“嫦娥奔月”等字样或图案的月饼，一家人烧香敬拜月神。赖学海在《吴城竹枝词》说：

> 中秋人尽爱团圆，白藕蹲鸱各一盘。
>
> 开着门儿拜明月，十烛树香彻夜焚。

到了晚上，家家吃完团圆酒，静待一年中最美月光的到来。此时，垒砌的小宝塔里也点上了蜡烛，塔门朝东迎月，烛光从砌砖的空隙中向外透射，煞是好看。

点“西瓜灯”是老吴城人家过中秋的一大习俗。这种“西瓜灯”一般是用吴城特有的打籽瓜制成，打籽瓜不大，但比较圆，皮青壳厚。节前头一两天，大人们将打籽瓜的一头切去，把瓜囊掏尽，将瓜皮打孔，有手艺的人还会在瓜皮上刻上各式各样的图案花纹，里面插上几根竹片，上面的一根竹片缠着小铁丝，外面再挑着一根长竹条作把手，底部的竹片上固定一支蜡烛，点上蜡烛后，花纹透亮，灯影朦胧。月上枝头，照得大街小巷的旧石板路油光发亮，小孩们举着西瓜灯走街串巷，你追我逐，好不热闹。

月亮渐渐升起来，全镇各处烟香缭绕，爆竹声声。各家把供桌上的月饼分吃，边吃边赏月，共度家人团聚的美好时光。

第十节　庙　会

庙会是吴城文化的一大特色。每年集中一段时间举办庙会是古镇的传统，五天至十多天不等，看参与队伍和人员的多少而定。这时也是全镇最为沸腾的时候，用“万人空巷”来形容也不为过。

吴城镇过去有大小寺庙、宫阁等50多座，每遇节日及菩萨生日时，各庙极其热闹。像聂公庙、五显庙、令公庙、万寿宫、观音阁、太子庙、张飞庙、雷祖坛、火神庙等处香火都特别旺盛，朝拜进香者络绎不绝。在举办庙会的这些寺庙、宫阁中，规模最大、历时最长、参加人数最多的是聂公庙、五显庙、令公庙三大庙会。

聂公庙、五显庙、令公庙举办的庙会可谓盛况空前，前后往往要持续十几天。期间善男信女、香客居士们从各地赶来，虔诚地朝拜心中信仰的菩萨。直到过了端午节“游过神”送走“花船”，这一阶段的庙会活动才告结束。

聂公庙始建于明万历年间，由清江排帮从樟树镇迁建到吴城的聂家嘴，清初重修时移建到现在的安全垱附近。聂公庙的庙会活动都由在吴城木排工人中成立的组织“平安堂”来主持。在吴城信奉聂公的人最多，因此该庙会也最盛大。每当农历三月十五日，信众们都要为聂三菩萨做生日，农历四月二十六日抬着聂三出游。《吴城竹枝词》中写道：

接神户户与家家，三百神标耀彩华。
独有一般红不称，枯鱼头插石榴花。

当菩萨通街巡游时，男女老少黑压压地跪满了大街两边，气氛十分肃穆。旧时的娼妓为求得解脱早日从良，大多会主动来庙中演戏酬神。

五显庙又称五财神庙，建于清康熙初年，位于豆豉街下街头的山丘上，庙内供奉着五路财神。五显庙举办庙会分两个阶段，从每年的正月初二至正月十五日，以及农历五月一日至五月五日，进香者都要入庙参拜财神，企盼发财进宝。因为来往吴城的客商很多，五路财神就成为他们心中的寄托。旧时，吴城豆豉街下街头的商人在此成立了“孝义堂”，五显庙的庙会由他们主持。

令公庙又称睢阳祠，位于望湖亭前右侧，祭祀的是唐代名将张巡，后人称令公庙。吴城每年农历五月在此都有“献阴兵”的习俗，香客们买来小纸人插在旱船上，端午节那天抬出来遍游全镇。吴城豆豉街上街头的商人在此成立了“万福堂”，主持庙会等活动。

每年农历八月初一至十五日是吴城的八月“朝香”庙会，丰收后的人们需要感激神灵的庇佑，产品的销售也需要更为流通的渠道。于是，吴城庙会成为远近各地农副产品及生活用品集中展销和交易之地，各种风味小吃也会随之而来，让来自四面八方的人们享受到地道的美味。

八月庙会的主场在万寿宫。吴城万寿宫的建筑十分精美，宫殿富丽堂皇，彩绘栩栩如生，雕塑精美绝伦，比南昌城里的铁柱宫还漂亮。庙会期间，万寿宫人声鼎沸，热闹非凡，朝廷官员、商客名流、街坊四邻摩肩接踵，挤得水泄不通。许多邻县的信众特地赶来“朝香”，其热闹程度可以与西山万寿宫媲美。朝香时，一支支队伍或从码头上进发，或在客栈中齐出，一边敲锣打鼓，一边缓缓而行，人人胸前围一块“万寿进香”黄红锦缎，分外显眼。与西山万寿宫不同的是，各县的朝拜者还向吴城万寿宫进贡本地特产，如星子县进贡 60 斤重的大红薯，鄱阳县进贡数十斤重的青菜，浮梁县进贡牌楼上全部的大瓷画砖及装饰墙画的彩绘瓷板等，真是花样百出、多姿多彩。

吴城的庙会源远流长，其中聂公庙的庙会延续至今。特别是八月的“朝香”庙会，对古镇的市场繁荣产生了巨大的影响，极大地促进了环鄱阳湖地区的生产发展。

第五章

行业贸易

赣、修、抚、饶、信五水汇聚，茶、木、盐、纸、麻百业兴隆。这座装不尽的吴城，成全了多少南来北往商客的梦想，造就了江右名镇昨日的辉煌——九垅十八巷，六坊八码头，会馆卌八座，庙宇百零八，大街十余条，人口九万多。

遇见吴城，最向往于遇见她的兴盛与繁华。

第一节 木 业

木材产业发展历史悠久，从古至今，人们生活离不开木制品，经济发展离不开木材产业的强力助推。吴城是赣江和修河下游的交汇口，是江西木材转运的咽喉要地，省内外木材都在这里扎排、转运。吴城转运木材行业的兴起，始于明永乐二年（1404 年），明清时期，木材已成为吴城“商品过境大宗”，到清康熙初年，吴城已确立了江西木材集散地的地位。

吴城木业繁盛的主要原因，一是赣江流域以至湖南、湖北，尤其是江西铜鼓、修水、武宁、靖安的木材在此集中转运，二是经营木行的老板与大量的排工、搬运工在此生产加工。

1916 年南浔铁路通车前，每年出入吴城泊港转输的木排高达数百万立方米，毛竹 500 万根以上，其中一家叫“公成木”号的木业行，每年成交外运木材价值为 15000 两白银。鼎盛时期，木排一到，几乎蔽江断流，吴城前河、后河一带数十里的水面上“见排不见水，见船不见湖”，其转输功能超越省府南昌，比肩江汉名镇汉口。

每年秋冬季节，浩浩荡荡的木排通过两条水路破浪而来：一条来自赣南贡江流域十三县；另一条沿着修河、潦河，漂流到后河的芦潭村附近。木行内木料堆积如山，前后河水面上木排绵延十几华里。

入春，正值吴城扎排时。数千工人夜以继日地在河里劳作，八个码头上人山人海，号子喧天。扎排工人把从各地运来的单排打散，重

新改扎成四五层的大木排，大排吃水很深，俗称“江把子”“过江龙”。有的大排长一百多米、厚三米多，有十二层，共五千多立方米，能抵御大风大浪。要完成这样的大排扎排和出排，需要六十多人齐心协力地合作。

为扎排和出排进行配套服务的是竹缆行业和拖排行业。制作竹缆的地方叫作“缆场”，场内备有浸泡竹篾的大石灰坑，竹篾浸泡后可编制成粗缆绳，专供扎木排使用。拖排则是为运输大排服务的行业，细分为箩把、扛把、提盐把和挑挽把，主要负责解散单排、托运木材，然后把制成的大排转运各地。到了近代，拖排改用机械化操作，由拖轮拖送木排出湖。

气势磅礴的木排队伍，成为吴城别有的景致。望湖亭下的“曲濑渡口”，曾经是万排待发之地。每每出排的时候，全镇如过节一般热闹，江畔人山人海，万众围观，有诗人咏叹道：

百里修江赛画图，跃过吴城望匡庐。

号声惹得人心醉，笑看排帮出鄱湖。

当然，出排的风险是不可预测的，一旦出现散排或者沉排的情况，投资者将血本无归，排工的生活也将无着落。大排在航行时，在江流急水中，必须避免遍布的暗礁险滩，这对排工来说，是一种极大考验。在江上出排，如果遭遇大风暴雨，排工必须齐心协力“弯排”。排上的“打鼓佬”就是司令官，他操控着鼓声。一声鼓响，所有人出动，掌橇、驾锚、掌篾缆的排工各奔岗位，各司其职。二声鼓起，喝令急速“弯排”，排工们稳住大排，直到大排停泊到安全的港湾。

大排在长江上的航线较多。逆流而上，可至汉口；顺水而下，则可达南京、镇江、扬州、常州、苏州、上海，甚至经大运河抵天津、北京。当时，洪都帮、临清帮和龙南帮是江西三大木帮，他们多聚集江苏淮安的万寿宫交易，把吴城转运到此的木材远销到全国各地。

扎排、弯排、运排，都需要有专业的技术，操作者俗称“排古佬”，他们往往能撑能扎，可以细分为长木把和短木把。“把”是码头工人的统称。来吴城从事排工的人数多达数千人，他们随排而行，每年泊居吴城近半年。排工消费对于转运物资和提振吴城经济都有十分重要的意义。

吴城木业以排业为根本，以本地木材商人为主角，所以在清末及民国时期，吴城商会的木业董事都由江西人担任。

随着吴城木业的不断兴起，逐渐形成相关的产业链，镇上的船运业、造船业、圆木业、小木业、制橹业均得到了相应地发展。在吴城后河街下段沿河岸，遍布着从事木器、木刻等行业的小业主。

吴城木业是江西木业发展的缩影，也是江西水运兴盛的见证。在为客商带来巨大利益的同时，也为排工带来心灵的抚慰，有首《一曲滩歌到吴城》说出了他们的心声：

一篙撑过令公埠，下了徐滩又西滩。
险滩急弯三百里，每处险滩要记清。
若问滩弯有多少？撑撑弯弯做手伸。
一本滩歌都唱尽，前面转眼是吴城。

第二节 茶 业

吴城的水运发达，是万里茶道上的重镇。茶叶一直作为转运的大项，持续数百年。

清乾隆至道光年间，是吴城茶叶贸易发展的鼎盛时期。茶商大力收集各产地的货源，远的有武夷山、黄山，近的有修水、武宁、靖安以及永修云居山、燕山等地的山茶，集中到吴城进行加工后，再转销全国各地。

每年从各地转运来吴城加工的粗茶，数量超过数十万斤。茶商们雇佣大批选茶工，对茶叶进行筛选处理，再经过精加工，制作成名优特产。吴城特色花茶品种有白兰、珠兰、茉莉、香片等，比较著名的优质绿茶有毛尖、雀舌等。由于质量好，这些茶叶畅销长江流域，有的甚至远销国外，经常出现供不应求的状况。镇上推出特好茶叶时，茶商会乘机抬价，呈现每两茶叶几块银圆的情形。

到了清晚期，吴城茶商规模达到鼎盛，但都没有专营，多数与杂货、百货店兼营。比如江西黎川人李猷章创立的永孚杂货行、安徽歙县吴求垲经营的志诚杂货行、歙县黄焜开设的福隆杂货行都是茶业大户，且这三人都入选了 1909 年的吴城商会会董名单。

1916 年，水路逐渐被铁路、公路所取代，吴城商会中兼营茶业的大户仅剩两家，吴城茶业贸易日渐衰弱。

第三节 盐 业

盐是人们日常生活中不可或缺的必需品，盐业一直以来是朝廷漕运的大项。吴城虽不是食盐产地，却是漕运枢纽，随着转口贸易量的增大，吴城逐渐成为江南食盐吞吐转输的重要港口。

明清时期，食盐是官营项目，在官方的支持下，吴城的厚昌公、长兴记、恒济号三大盐商比较活跃，共建有九个盐仓。后河街的张飞庙码头和太子庙码头上，平时存储食盐就达数十万斤，从江苏扬州瓜洲渡和仪征十二圩运来的海盐，都在此装卸储运。盐船每日密集如蚁，船民、盐把、挑夫人潮如涌，与豆豉街下码头一样繁忙。

距离张飞庙不远处的奉新会馆是盐业商人的聚集地。该会馆在新中国成立后一度作为盐仓，直到 20 世纪 80 年代中期被拆毁。

1907 年，吴城首届商会成立，各行业的头面人物纷纷竞选商会会董职位。户部要求担任商会会长的条件是“行号巨东或经理人，每年贸易往来为一方巨擘者”。因为盐业老板们势力大、资本雄厚，吴城商会第一届、二届会长均由厚昌公盐仓的掌柜朱锡龄担任。朱锡龄是安徽旌德县人，经营着吴城首屈一指的厚昌公盐号。以他为代表的徽帮实力雄厚，做的都是大本买卖，因资金回笼快，往往介入其他行业。

吴城的商业贸易因水而兴，因水而衰，随着陆路和铁路交通的发展，许多水运行业逐渐退出了历史舞台，盐业也是如此。

第四节　纸　业

江西多产竹木与稻草，造纸行业十分发达，是明清时期著名的纸张出口大省。铅山县河口镇是江西“四大名镇”之一，其盛产纸张，行销各地。此外，修水、武宁、靖安、奉新也出产纸张。这些纸品多运抵吴城进行转运，纸业遂成了吴城的重要行业之一。

吴城客商创办了不少纸行，1860 年，九江海关报告吴城镇纸行多达 40 余家。这些纸行多开设在樊家垄，比较有名气的有均和安、福生、慎源、春生恒、汇康、鼎新、浚川、可大、丽生、晋丰盛、大吉祥等。继江苏纸商左廷章成为吴城纸业的领头人后，镇上的均和安纸号掌门人罗焕文成为江南最大的纸商，他经营的土纸、白纸行销半个中国。

1909 年，江西黎川县人刘昌炽以纸业董事身份入选吴城商会会董，他经营着裕源纸业。1916 年，《吴城商会职员表》中的 37 位会董竟有 11 人是纸商。吴城纸业的活动中心在令公庙，每遇大事，纸行老板们都聚集在此商议。据 1918 年《江西地理》称：吴城“市场货物，以晒纸为大宗，岁值百万”。吴城镇最繁华时，建有一座“五省公所”，

为豫、鄂、湘、皖、赣五省纸商提供食宿、娱乐等服务。

吴城纸业非常发达，仅镇上就有 1000 多从业人员，他们收集从产地河口镇和修水一带来的各种散纸，采用烘、晒等工序，在“烘晒棚”内整理加工成大捆纸。经吴城整理加工过的纸制品质量大为提高，畅销长江流域乃至全国各地。

纸商还建成规模不一的纸栈，大的面积有两亩多。20 世纪 30 年代以后，吴城水运转口贸易地位逐步下降，但是纸栈依然有汇康、福昌、鼎新、日新、同德、可大等六家，每家各有纸栈两所。后因日军轰炸，当地纸栈全部化为灰烬，吴城纸业由此消失。

第五节　麻　业

江西盛产麻，由麻丝制成的夏布自古出名。《隋书》记载：一年蚕四五熟，勤于纺绩，亦有夜浣纱而旦成布者，俗呼为鸡鸣布。清代，江西人还一直都保持着连夜纺织至鸡鸣的传统。最为著名的是万载夏布，唐朝时已被列为贡品。后来，形成了以宜黄为中心，包括万载、宁都等地在内的夏布产业区。

江西夏布质量很好，粗细分等，光似雪华，薄如蝉翼，穿起来细嫩凉爽，就算是宽里大衫，卷起来还不足一掐，而且往往还可以手工织成卍字、花纹、图案。诗人谢阶树曾用诗歌记录江西当时织麻的场景：

回文匼匝成仙手，卍字牢连净佛胸。
雪纬冰丝中妇织，背灯无语向灯缝。

随着苎麻种植在江西的推广，以九江为中心的麻纺织业发展很快，有的农户家里甚至能一天出产一匹夏布。武宁人甘应鸿在《东溪竹枝词》中说：

不养春蚕不种桑，苎丝缉就喜盈筐。
客来交易新棉好，留得三冬御雪霜。

九江、南昌和赣西北山区的苎麻、夏布和棉布制品的外销，都在吴城转口，这样极大地丰富了吴城的行销市场。

每年的夏秋时节，各地客商蜂拥而至，吴城的夏布与棉布转口批发和零售量极大。当时有这么一首歌谣描绘吴城的过境大宗商品：

茶商木客盐贩子，纸栈麻庄堆如山。
五业为首百业辅，繁荣集镇数百年。

1909年，吴城商会会董名单中麻行老板占一席之地，经营广隆苎麻行的临川人吴树森、同丰和夏布行的丰城人万璟和万铰都名列其中。

清末民初，吴城麻业行仍有不少，如万隆、恒兴等商号，多为抚州商人开办。此外，乡隆、恒隆、长兴等商号的货栈中仅存苎麻就有数万捆。

南浔铁路开通后，吴城

的麻业转运地位逐渐被县城涂家埠等市场所取代。

第六节 米 业

明清时期，吴城一直是漕粮转运的重要口岸，虽然吞吐量很大，但本地粮食消费不多。清中晚期，随着商贸的兴起、人口的激增，本地米业逐渐发展起来，粮食加工、销售行业异常活跃。

清末民初，收储和销售大米的商铺主要分布在前河街一带，比较有名的有谦吉号、正源号、同顺号、同顺祥、汇泉号、方吉元等 50 余家，民间流传着“前河的米好恰，后河的水好恰”的民谣。米业经营者还在白马庙成立了米业公会。

1916 年，吴城商会的米业会董多以本地人为主，如经营汇大粮行的刘彝华、开设谦吉酒店的邓绍训、经营鼎益升粮食店的叶立镜等，外地来吴城经营米业的以仁大粮行的詹彬文、全美粮行的黄本怀为代表。

由米业衍生出来的酒业也盛极一时，其中以后河街河北辛集人李义钏所经营的天成酒业最为著名，他用三眼井水酿制的米酒香飘十里，深受百姓喜爱。

宋家巷内的谦吉米业也兼营酒店，后改称红花岗酒店，是江西新建县邓有诚祖上所创办，生产的米酒醇香味美，名气很大，供不应求，在省内外设有十余家分号。“红花岗内好米酒”在吴城人中口口相传，成为佳话。

20 世纪 50 年代，随着工私合营，老字号米行及其派生出来的酒行逐渐被国营商店所代替，米业走向了新的发展时代。

第七节 钱 业

清末吴城的钱庄不少，民国时期又增加了一家银行，给居民及客商带来了不少便利。当时的外省商人对金融、典当及盐业的控制，与江西商人在粮食、食油、夏布等行业上的传统优势，就像一架天平的两端，保持了一种惯性平衡。

钱业为百业枢纽，因为实力强、获利多，故早期商会的会长皆非钱庄老板莫属。而徽商在吴城的钱业中势力最大，往往在商会中占重要位置。在吴城第一届商会董事中，许多人都是开钱庄的老板，如正泰钱庄的徽州歙县人许世瑗，永昌隆钱庄的安徽旌德人江图霖、泾县人朱宗儒等。这其中，许世瑗连续担任了第三届、第四届吴城商会会长。此外，安义人杨光礼开设的源远钱庄、浙江余杭人许德林经营的宝昌典当行等都有一定的影响。

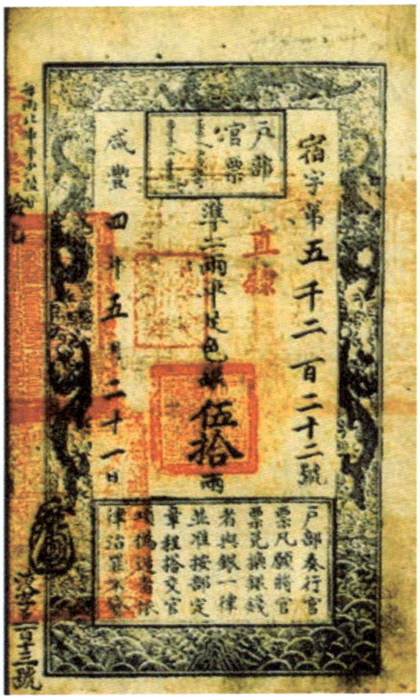

吴城的重要钱庄过去都集中在后河街下段的丁家巷，后来豆豉街逐渐成为吴城的金融中心。清光绪十二年（1886 年），安徽绩溪人冯球在此创办了福泰钱庄，合股资本 5 万元。当时在豆豉街经营的钱庄存兑、放贷业务都比较规矩，从未出现过纠纷和差错。

在吴城，钱商还常常利用特定的地理优势做周期长、风险大的木材生意，这一局面直到20世纪20年代后期才有所改变。

民国 23 年（1934 年），镇上有福泰、淦堃、立成、隆源、恒太、福裕、福成、罗星记、聚源永、宏大私人钱庄八户和当铺两户。同年，南昌市源源长银行老板王德舆的江西裕民银行在吴城设立办事处。裕民银行理念先进，资金雄厚，经营范围包括存款、放款等项目，并兼办汇兑业务。在激烈的竞争下，其他钱庄业务逐渐萎缩。

抗日战争爆发后，投机商人囤积居奇，钱庄生意一天比一天艰难。1939 年 3 月吴城沦陷后，多数钱庄倒闭。抗战胜利后，钱庄几乎消失，极少数苦撑到了新中国成立，由新建县人民银行接管。

第八节 渔 业

吴城渔民依水而居、以湖为家，自古就有靠水吃水、打鱼卖鱼的生活方式。晨光暮霭里，辛勤劳作的渔民们纷纷下湖，捕捞鱼、虾、蟹、贝等各类湖鲜。除售卖行销外，部分被晒制成咸、淡鱼干出售。渔业逐渐成为吴城的一大支柱产业，全盛时期，吴城每年渔业鲜货、干货销售量达到5000吨左右。

吴城渔民捕捞作业的地点主要在周边的诸多湖泊，大的有大湖池、沙湖，小的有常湖池、中湖池、梅西湖、朱市湖等。捕捞的渔船有钩船、机帆船、大网船、风网船、鸬鹚船，还有被称为“小划子”的木船，渔网有抛网、围网、钩网、风网、濠网等，地笼也是经常用到的捕鱼工具。

在众多的捕鱼方式中，鸬鹚捕鱼极富湖区特色。夕照的湖面上，船家不时敲击着船桨，驱赶着一群豢养的鸬鹚跃入水中。待到喉咙里鼓鼓囊囊的鸬鹚钻出水面，船家用捞竿将鸬鹚挑到船上，熟练地抓起鸬鹚，用手捏住鸬鹚的颈脖一挤，还在鸬鹚喉中挣扎的鱼儿就被吐了出来。大些的随即被抛进了船舱，小点的就给鸬鹚美美地饱餐一顿，好一幅“渔舟唱晚”的画图。

“吃过中秋酒，工具不离手”。每年中秋过后的枯水时节，就是吴城渔业的旺季，每天大量水产品被捕捞上岸，收购贩运的客商纷至沓来。无论是在大小码头，还是在集镇市场，往往人头攒动，一片繁

忙。旧时，吴城人多在尤廊会馆（都昌会馆）进行鲜货交易，在铁巷（也称“千英秀巷”）零售。

吴城有制作干鱼的传统，各种鱼类均能制作为鱼干。渔民把鲜鱼洗净、剖开、晾晒，可加工成淡干鱼，如果加上食盐腌制，就成了咸干鱼。许多人家还能制作风味独特的酒糟鱼。

吴城的干鲜鱼货分粗鳞、细鳞、无鳞三类，分别以草鱼、鲢鱼和鳜鱼为代表，出货量都很大。此外，银鱼、针弓鱼、凤尾鱼、廉冷、白肖、油参、鳑鲏等小型鱼类，产量虽不大，但因为是湖区特产，所以很受市场欢迎，成为大众餐桌上的美味。而黄鳝、泥鳅、甲鱼、乌龟、龙虾、白舌子等小水产品，也十分畅销。过去，吴城有一种黄颡鱼（俗称“黄芽头”），产自松门山附近水域，捕获后不用去除内脏，洗净后倒在晒折上，做成鱼干销售，被称为“顺风鱼”，经常销往赣南一带的山区。

如今，为推动长江经济带高质量发展，加强长江流域的生态保护，鄱阳湖实行了十年禁渔期，湖区的渔业资源将会得到极大地恢复。

第九节　糕点业

糕点业是吴城的特色行业，在清末民初达到鼎盛。四方巧匠云集吴城，带来南北糕点原料和制作工艺，融会京果脯制作技术，加入桂花、茉莉等花茶，经细致加工，制成具有地方特色、色香味佳的精致糕点。因为严把质量，注重诚信，所以吴城糕点受到热捧，声誉远播，行销长江流域各省。镇上经营南北货的店铺也多批发售卖当地糕点，经常是顾客盈门，生意兴隆。

糕点生产店铺有数十家之多，往往为前店后厂。规模大的，如三眼井附近徽州歙县人吴求垲开办的志诚号京果铺，有资本银圆 4 万元、货栈 18 所、职员 60 余人，仅在后屋就存放着 10 多桶糕点原料高级绵白糖，可供随时调用。吴求垲同乡黄昆开办的福隆号糕饼店，黎川人李犹章开设的永孚糕点，也是享誉全省的杂货食品商铺。

吴城糕点主要种类有月饼、霜果、鸡蛋糕等，其制作过程是：先在案板上制作好生饼，然后上炉手工烤制。各店铺的烤炉世代传用，这种烤炉是一种平底铁锅，直径有七八十厘米，上面有一只铁盖，直径与底锅一样大。烤制时，炉子用铁链吊在木翘棍上，把生饼贴在底锅内，用铁钩把盖子盖上，用高温炙烤，拉动底锅转动，确保受热均匀，内外烤熟。他们的烤制技艺从不外传，以保持独特的口味。

吴城糕点讲究色香味。生饼做好后，烧烤工艺最为关键，用行话来说，叫作“三分案板、七分炉火”，因此行规多，要求严。比如制作中秋饼，荤饼、素饼烧烤的火候就很有讲究。烤制素饼如麻碱饼、双麻薄饼，必须烤成“金面、银边、黄腊底”；烤制荤饼如麻仁饼、

葱酥饼，则要烤成“上下两面桂花黄，银色圆边蛋白香”。这样考究的工艺让人咂舌。

吴城民间旧俗，待端午节吃过鸡蛋糕后，店家就开始做中秋月饼，从农历七月十四（俗称“七月半”）一直要做到八月十五。整整一个月，师傅每天都要起早贪黑，这个过程叫作“起长烤”。师傅长年在炉火前加工糕点，热天有如进了蒸笼，冷天不需穿棉袄，还挥汗如雨，十分辛苦。

第十节　娱乐业

吴城商贸的发达带来娱乐业的繁荣。当时，庙宇、会馆林立，无论是举办庙会，还是会馆搞娱乐活动，当家人都要邀请外地的戏班来演出。吴城有六个坊区，每坊建有一座东岳庙，规模都不大，但都可以搭台唱戏，其中后显坊章家坪、福民坊豆豉坪两地的东岳庙每年均会邀请戏班子演唱行当戏、采茶戏。各地会馆崇拜的主神不同，演出的内容和形式也不尽相同。

因庙馆多，庙会时间集中，为便于会演，后来戏班大多被转到吴城万寿宫（江西会馆）。万寿宫始建于清顺治年间，规模很大，是九江、星子、都昌、鄱阳、余干一带香客们竞相朝拜的圣地。其对面有一口四方塘，塘中央有一根伸出水面的粗大花岗石柱，石柱顶端嵌置一块偌大的精致石盘，这就是堪称一绝、名声大噪的独脚戏台。

吴城每年的七十六种行业竞演，要邀请戏班在万寿宫轮番演出，各行业和庙馆之间往往为争夺戏班而产生纠纷。为解决这个问题，清嘉庆时期，镇上又建造了同乐、明乐两座戏院作为正规剧场。同乐戏院建在豆豉街下街头，以唱本地喜闻乐见、雅俗共赏的丫丫戏为主。明乐戏院位于后河街丁家巷，以唱赣剧为主，也演唱“庙会戏”。

当时流行的剧目有《窦娥冤》《荆钗记》《珍珠记》《还魂记》等，后来剧目逐年增加，剧情更加丰富多彩。周边的几个县城均无戏院，人们都要乘船来吴城看戏，可想而知这里的热闹程度非同一般。

吴城一般在农历的五月后就开始演行当戏。因会馆多，常常有

五六个戏班同时演出。演出之地首选在南北沿江的万寿宫、白马庙，其次在镇东河边的经堂寺、龙王庙、令公庙一带，再次在镇西的聂公庙等地。逢庙会时，一些正规戏班在戏台演出，水平不高的草台戏班在庙宇里的青石坪上演出，望湖亭的露天戏台也时常可以听到采茶戏、丫丫戏。每逢演出，镇上的大街小巷人山人海，街上生意也十分红火。

旧时因客商云集，吴城的青楼业亦长盛不衰。元末明初朱元璋的军师刘伯温留下的“吴城两河夹一洲，此处赚钱此处丢。白面书生无用处，红颜女子不知羞……”数句谶语，一定程度上反映了当时的景象。

到了晚清，吴城的妓院还多达百余家，从业者近5000名，以扬州帮为主，也有南昌帮、袁州帮、河口帮等，名分不同，身价有别。当时香姑垅、胭脂巷、朱家巷、八卦地、生福地、四美站等地妓院的红灯高悬，而香姑垅是最为出名的花街柳巷，民谣传唱道：

二府套里好弯船，望湖亭上好乘凉。

红花岗内好米酒，香姑垅中好姑娘。

直到民国初年，吴城还有烟花女子三四百人，她们棋琴书画样样精通，气质高雅，被称为“堂班姑娘”。达官贵人、殷富巨贾等趋之若鹜，出手阔绰，往往一掷千金。

此外，吴城的娱乐业活动还有舞龙舞狮舞花灯、麻将骰子玩牌九、四时八节大杂耍等等。

第六章

本土名流

一方水土，养一方人。鄱阳湖的风浪锤炼出吴城人坚韧顽强的意志，四面八方的融合孕育着他们海纳百川的气度。这里走出了程钜夫、叶一栋、吴一嵩等一批仁人志士。他们或是文坛巨匠，或是忠孝贤良，或是报国名臣……他们名垂千古，为后人敬仰。

遇见吴城，最崇敬于遇见她的情怀和精神。

第一节　一代文杰程钜夫

程钜夫（1249～1318年），又名程文海，号雪楼，是元朝名臣。《四库全书》评价他忠亮鲠直，赞赏他的作品从容大雅，诗歌灵动，很多妙句不亚于苏东坡、黄庭坚等人。著有诗文集《雪楼集》，内容丰富，资料翔实，有很高的史料和文学艺术价值，为治元史者所经常引用。

程钜夫的先祖先后迁居安徽休宁、歙县和湖北京山等地，于南宋末年来到鄱阳湖边的吴城镇。他的祖父程德秀开始在吴城定居，在当地声望较高，在其带领下，程氏聚族而居，结寨自保，凝聚力、战斗力强，被朝廷表彰。程德秀有三个儿子程翔卿、程严卿、程飞卿，他们就任南宋的地方官员。程钜夫是程翔卿之子，生于吴城，长于吴城。由于家学渊源深厚，他从幼年时代开始就显露出过人的天赋，文思敏捷，过目成诵，17岁开始从学于新建县的龙渊先生胡自明，19 岁开始走出吴城，前往叔父程飞卿任职的建昌府（今南城县），后在临川的临汝书院师从著名的理学家程若庸，学有所成，文采灿然，颇受好评。

1276 年初，元军南下，团团围住了程钜夫的叔父程飞卿镇守的建昌府，无奈之下，程飞卿献出城池，投降了元朝。同年春，叔父带着他北上大都（今北京），觐见了元世祖忽必烈。程钜夫被作为人质留在了大都，还接受了元廷“宣武将军”银牌，管军千户。第二年担任了忽必烈内廷的宿卫。几年时间里默默无闻，一次非常偶然的机遇，忽必烈在香殿召见他，对答之下，忽必烈发现了他的杰出文才，大喜过望，立刻下旨，让程钜夫改任翰林直学士、朝列大夫。从那时起他开始青云直上，飞黄腾达，最后升任荣禄大夫。

程钜夫没有辜负忽必烈的信任，他为安定江南不遗余力，做出了很多贡献。

当时南方汉人地位低下，对元朝的统治是很抵制的。程钜夫一直致力于推动元廷改进吏治，笼络民心，招徕士子，安定社会。至元十九年（1282 年），程钜夫就上书建言《吏治五事》：一是录用江南士子；二是通同南北选任官员；三是恢复科举考试功名和晋升体系；四是设立贪赃枉法的簿籍、考绩；五是江南的官员应该给予薪水工资，不能再从百姓家中直接收取。朝廷全部予以采纳。程钜夫后来又入见忽必烈，奏请四项善政：兴建国学；派人去江南搜访遗逸；重建御史台、按察司；适当起用南方汉人充任。忽必烈都予以采纳，命人兴建国子监、御史台，任用部分南方汉人主持，全国上下以汉字为正字，朝廷诏书只使用汉文。又授权程钜夫下江南，去各处求访南人中的贤俊。程钜夫搜求到了叶李、赵孟适、赵孟頫、张伯淳等 20 多位前朝“遗贤”，用车载着直奔大都，连夜觐见忽必烈。忽必烈立马起床，召见大家，全部录用提拔，任命到一些能装点门面的官位上。后来，赵孟頫、吴澄等人荣登显要，叶李做到了宰相职位。程钜夫深知科举取士的重要，始终不渝推动恢复科举制，大力修复和建设书院，终于促使朝廷在皇庆二年（1313 年）恢复开科取士。

程钜夫注重民生，为元廷减少社会矛盾不遗余力。比如他奏陈了《民间利病五事》，要求取消部分苛政，忽必烈一一采纳了。大德七年（1303 年），湖北因连年大灾，很多民众贫病不能生存，时任廉访使的程钜夫用公田和俸禄作为赈济，救活了许多百姓。

程钜夫当官刚直不阿，为人称道。至元二十六年（1289 年），当时的宰相桑哥专权，法令苛急残酷，天下骚动不安。程钜夫乘着忽必烈召见的机会，呈上弹劾桑哥的奏疏，历数桑哥的罪行。桑哥勃然大怒，六次奏请杀害程钜夫，幸亏忽必烈一直保护，才使他免遭毒手。一年后，桑哥的罪行彻底暴露，终于伏诛。程钜夫曾多次担任肃政廉访使，专门纠核官吏，查处不法，做了大量实事。例如在 1293 年，他担任正议大夫、闽海道肃政廉访使，来到福州视事，大张旗鼓倡导廉政，组织官员查漏补缺，教化官吏们自爱自查，多次纠核弊案，严禁虐待底层百姓，当地官吏非常敬畏他。大德四年（1300 年），他担任江南湖北道肃政廉访使，来到武昌官署就任后，接到有人举报说，湖北行省平章的家奴作威作福，为害民众，程钜夫收集他们的罪证，协调行省平章把家奴捆送衙署，家奴的罪行得到公开处治。于是上下肃然，官风为之一清。

程钜夫最突出的能力体现在他的文章上，从被忽必烈赏识起，直到他去世前的几十年里，他深受四代元帝信任，执掌着元廷的文字枢要。当时的诏令、典章制度、神道碑等多出其手，其中尤以《元世祖平云南碑》《拂林忠宪王神道碑》《济南公世绩碑》为出名。他编撰了元朝前三朝皇帝的实录，给后世留下了不少研究元史的珍贵史料。

因为程钜夫的独特贡献，元朝几代皇帝对他都宠遇有加，不断进阶。他致仕之前，皇帝命待诏摹画他的画像，让儒臣制作赞歌，赏赐给程钜夫。他多次要求回乡，皇上都不允许，命令太医送药，近臣挽留，安排他的长子和次子分别担任了承事郎与地方官职，追封了程钜夫的三代祖先，赐予《程氏世德碑碑文》。直至去世前几年，才被批准回到南城县麻源第三谷华子岗养老，退居后一直低调为人，从不摆架子。

程钜夫去世后，朝廷赠予其“光禄大夫”“大司徒”“柱国”，追封“楚国公”，赐神道碑，谥号“文宪”，这个谥号是对文人最尊崇的评语。他的弟子揭傒斯撰写了他的生平，记述他一生功勋。《元史》中高度赞誉他说：“出膺澄清之寄，入居谋谟之职，立经陈纪，为当时名臣，始终一节，表表愈伟。混一以来，漠南之士，一人而已。”

第二节　一家忠义叶景恩

说到历史上有名的宁王朱宸濠叛乱，大家应该不会陌生，但是叛军路经吴城发生的故事恐怕没有多少人知道。《明史》卷177《忠义传》中有这样一段记述：“宸濠谋逆期间，叶景恩者，以侠闻，族居吴城。宸濠将作难，捕景恩，胁降之，不从，死狱中。宸濠兵过吴城，景恩弟景允以三百人邀击贼。贼分兵焚劫景允家，其族景集、景修等四十九人皆死。”史书中只用寥寥数语记载了一个极其惨烈而悲壮的故事。

明正德年间，吴城西庄村有位名叫叶景恩的壮年男子，他不仅种田是把好手，而且深谙兵法韬略，骁勇善战。叶景恩兄弟（含堂兄弟）八人，个个身强力壮，侠肝义胆，一大家人与村

里其他百姓一样，每天日出而作、日落而息，过着闲适安谧的田园生活。

一天，有个人突然闯进叶景恩家，让他们原本平静的生活起了波澜。此人名叫刘养正，南昌人，举人出身，和叶景恩有过一面之交。刘养正由于投考进士数次落第，自认为怀才不遇，最后被心怀异志的宁王朱宸濠笼络，为之效力。宁王不仅巧取豪夺，私藏兵甲，还勾结宦官，收纳地痞流氓、鸡鸣狗盗之徒，密谋叛乱。

刘养正奉朱宸濠之命前来吴城，他劝说叶景恩："江汉有颗'帝星'正在升起，他就是宁王。你若愿意投奔宁王，有享不尽的荣华富贵！"叶景恩早就听说宁王对皇位有觊觎之心，根本不想与之同流合污，他义正辞严地回答："大千世界多诱惑，忠奸善恶一念间。我叶家世代忠义，叛乱下场是不妙的。先生速速离去，否则莫怪我不客气。"刘养正看出叶景恩是个直性人，再费口舌只会自讨没趣，满脸沮丧回到宁王府。后来，朱宸濠让人诱骗叶景恩入宁王府，并亲自出马劝说叶景恩，他劈头就问："你跟着本王建功立业有何不好？"叶景恩怒目以对："当今天子垂衣而治，小民只想赤心报国，岂能助纣为虐！"朱宸濠恼羞成怒，命部下将他软禁起来，叶景恩宁死不从，不久在拘禁中死去。

得知叶景恩的死讯，弟弟叶景允、叶景修等人悲痛万分，一面教育子侄勤耕苦读，一面组织子弟兵习练武功，随时准备为国出力，为兄报仇。叶景允的儿子叶绍治在子弟中更是出类拔萃，文武双全，很有号召力。

正德十四年（1519 年）六月十四日，朱宸濠亲率十万水师从南昌出发，浩浩荡荡顺赣江而下，剑指南京。十九日黄昏，叛军经过吴城，先头部队的船只停靠在西庄村附近的谭家湾。叶景恩的弟弟叶景允及堂弟叶景修、叶景集、叶景诗等闻知，个个义愤填膺，决心挺身讨逆。叶景允对众兄弟和儿子叶绍治，侄子叶绍高、叶绍盛等说："叛军扬帆鼓噪而至，不过虚张声势罢了，届时我等一鼓作气冲入贼营，趁机捉拿贼首朱宸濠。"叶景允领三百族人埋伏在半路伺机偷袭。

夜半时分，只听炮声一响，战鼓齐鸣，火光冲天，喊杀声如翻江倒海。

叶景允等趁敌不备一拥而上，在敌营横冲直撞。贼兵被这突如其来的情形吓蒙了，有的趴在船上连头也不敢抬。瞬间，宁王的副船被击沉，敌营乱作一团，首尾难顾，死伤者千余人，双方大战至天明。

第二天晌午，朱宸濠发起猛烈反击，双方厮杀在一起，叶景允等腹背受敌，寡不敌众。叶绍治奋勇血战，砍杀叛军数十人，不幸喉部中箭，痛骂逆贼而亡。叶景诗见侄儿壮烈赴死，奋不顾身冲上去，手刃贼兵十数人，直至筋疲力尽，双膝被砍，牙齿被击落，舌头被割断，壮烈捐躯。三百勇士之首叶景允大声疾呼：“为剿戮叛逆，战死沙场何足惜！”言毕，手持双剑纵身跃入敌阵，杀死叛军数十人，自刎而死。叶景修、叶景集、叶景仰、叶景衡、叶绍盛、叶绍高等四十人皆战死。

朱宸濠本欲神速进兵，克日直取南京，未料叶景允等半途杀出，首挫其锐气，怒不可遏，命部将吴十三带领士兵冲进西庄村。贼兵犹如卷地狂风长驱直入，似入无人之境，所到之处，焚家劫舍，滥杀无辜。叶景恩之妻熊氏、景允之妻李氏、绍治之妻胡氏，各自整理衣饰自缢而死，景修之妻魏氏、景集之妻何氏、绍隍之妻何氏、绍高之妻钱氏、绍阼之妻陶氏亦闭门自焚而死。景恩之女九姑自缢未果，吴十三见其姿容俊美，欲将其献给宁王朱宸濠为妃，九姑乘其不备跳入塘中溺水身亡。此战吴城西庄村叶家男女共四十九人殒难。

战事结束，南赣巡抚王阳明得知此事，盛赞叶氏一家节烈忠义，奏请皇帝颁旨表彰，并在吴城镇团山岭建昭忠、节烈二祠，竖匾“一家忠义”以示纪念。

第三节　抗倭名将吴桂芳

吴桂芳（1521 ～ 1578 年），是从吴城走出来的抗倭将军。相比于戚继光、俞大猷等名将，吴桂芳是他们的指挥者，坐镇调度，运筹抗倭，保卫数省，屡立功勋，被明王朝任命为兵部侍郎、工部尚书。

从吴桂芳的经历看，最初他是从文的，且起点很高，为吴城撰写过多篇诗文。明嘉靖二十三年（1544年），他考中进士，印行过文集《师暇裒言》12卷，收入《四库全书》。入仕后，他先在刑部任职，干得较为出色，因为得到吏部尚书闻渊的赏识，几经曲折，他转到了礼部任职。后外放到了扬州，担任知府之职。

扬州位于海防前哨，吴桂芳率部抗击倭寇的历程从这里开始。倭寇擅长骚扰，多则攻城，少则劫掠，来去千里，甚至能长驱直入，杀人越货。近海的省、府、县受倭寇之害，不堪其扰。御倭成了沿海官员的重要事务。

吴桂芳从小在吴城长大，善习水性。初次对阵，他率领扬州的地方部队抵御倭寇，挺有效果。倭寇吃了大亏，逃窜得远远的。朝廷对他进行了加薪一级的奖励。同时，他又申请要求加强城防，得到上司同意后，积极发动百姓，在扬州城的基础上，再建造一座外城，这对于防御倭寇意义重大。一百年后，明朝官民就是用这座城墙抵抗清军，凭城固守，让清军吃尽了苦头。

如果没有能人能够镇压倭寇的话，沿海的倭乱是不可能平息的。朝廷反复斟酌，决定增派有魄力、有经验的人担任海防官员，诏令谭纶、戚继光、俞大猷等人进行联合会剿，全面加强防御。在这样的形势下，吴桂芳得到了重用，他先是担任了浙江左布政使，后来升任右佥都御史。因抗倭有功，他进而被派往福州，担任福建巡抚，始终在一线身先士卒。

因屡建奇勋，后来吴桂芳被朝廷任命为提督两广军务兼巡抚。当时，两广盗贼与倭寇相互勾结，人数多，危害大，主要势力有五支：最大的一支是潮州原来的倭寇，盘踞在邹塘，在河源还有本土盗寇李亚元，程乡有叶丹楼，东莞有王西桥，漳州有吴平。这几股势力连年祸害百姓，吴桂芳决定用重兵首先讨伐倭寇。他运用了不少兵法战术，让此前投降的盗贼伍端为前锋，官兵们跟进，用了一天一夜，攻克了倭寇的三个巢穴，先后消灭了倭寇 400 多人。

战争并没有结束，在接到皇帝新的旨意后，吴桂芳加强了福建、江西两地抗倭的协同作战。一股倭寇刚入侵福建，就被戚继光杀得四处逃窜，余部逃进赣粤边境。当时的南赣提督叫吴百朋，吴桂芳与吴提督率部相互配合包抄，对窜入的倭寇不停地袭扰追击。趁着倭寇刚到广东境内立足未稳，两支部队团结一心，协同当地官兵，发动突然袭击。倭寇屁滚尿流，向甲子崎沙海面落荒而逃，抢夺了渔船，驶向大海。哪知正好风暴来临，把渔船都打翻了，倭寇大多溺水而死，残余的则逃窜到海丰县。此时，副总兵汤克宽在这里张开了口袋阵，将倭寇一举歼灭。

吴桂芳又指挥俞大猷等人，平定了另一股由吴平纠集的海寇势力。吴平起初占据着福建漳州的南澳岛，被福建总兵戚继光、广东总兵俞大猷打败后，向饶平县逃窜。吴桂芳要求俞大猷进击，率领水师穷追猛打，终于在饶平的凤凰山追上了吴平。贼寇掠夺老百姓的渔船出海，从阳江逃向安南（今越南）。

吴桂芳没有罢手，给万宁宣抚司发出檄文，让对方协助进兵讨伐，并派遣副总兵汤克宽率领水师追入安南，和俞大猷、万宁宣抚司部会师。三支兵力配合有力，在万桥山追上并团团包围了吴平。吴桂芳采用火攻，火势借着风势，焚毁了吴平的船只，贼兵死伤惨重。这一战，他们擒斩的海寇达 390 人。

为进一步筑牢防线，吴桂芳经过深思熟虑，提出了东莞至琼州设立“海防佥事”的建议。他上奏折说，应该巩固力量，给当时的海道副使配一个“海防佥事”做副手。海道副使集中精力管理好东莞以西到琼州海防的事务，协查外国商船。增设的海防佥事负责巡察东莞以东至惠州潮州等地，甄别倭寇与本土渔民。该建议得到皇帝允准，两广御倭形势由此得以好转，倭患逐渐销声匿迹。

在清剿了倭寇之后，吴桂芳腾出手来，利用破竹之势，讨伐了李亚元、叶丹楼、林道乾等盗贼，很快就平定了这些匪患，又抓住反复无常的王西桥，把他斩首正法。

不久，吴桂芳被征召担任兵部右侍郎，隆庆初升为兵部左侍郎。万历三年（1575 年）冬，他被调任管理河漕，在淮河、扬子江流域兴利除弊，修筑了草湾堤、高邮湖堤，造福兴化、盐城、高邮、宝应一带百姓。万历六年（1578 年）正月，升为工部尚书兼右副都御史，不久病逝，归葬于新建县精忠寺，朝廷追赠太子少保。

第四节　廉能清正邹复宣

明万历、天启年间，吴城镇有一位名人邹复宣（1579 ～ 1622 年），在短短十年的为官生涯中，以“宁畏四知，不受一缗”为座右铭，以清廉著称于时。

万历四十一年（1613 年）春，邹复宣在北京考取进士。初选合格后，被授予浙江上虞县令。上虞县是当时的山区小县，条件差，灾情多。很多人都认为，邹复宣运气不好，日子不可能很宽裕。可是邹复宣回答说："我情愿敬畏汉朝时杨震的名言，天知地知你知我知这'四知'，也绝不能攫取百姓一串钱啊。"有的人以为他唱高调，嗤笑着离开，直到多年后才流泪说："我们过于看低邹先生了。"

上虞县这年发生大灾，百姓因饥荒逃难，路上有倒毙的尸首。邹复宣上任后，马上深入了解情况，及时上报灾情，同时积极组织乡绅及百姓自救，命令绅商顾全大局，与县署一道为百姓发放灾粮，安定民心。在得到省、府的同意后，为受灾百姓减免了田赋，还多管齐下让百姓渡过了难关。

在上虞县，他推行了三条为民减负的措施，后被朝廷悉数采纳，列入大明的律令，推行到全国各地：

一是革除火耗。"火耗"就是白银熔炼的损失，以前在收税的时候，经办小吏都要收取火耗，多被上下官吏私分。邹复宣要求小吏们不得征收火耗，以民为天，应收多少就实收多少。

二是禁止买脱。当时犯了罪就允许以钱折罪，用钱买脱，叫作"赎锾"。这种做法由来已久，往往败坏社会风气，带来深层次的恶习，成为小吏们的生财之道、诈财之门。他命令堵上这条歪路。

三是清理田赋。细致整理所有的鱼鳞册，切实摸清楚管辖范围内

的人丁、田亩、赋税数量，把每家每户底数查清并登记，对于原有未及时更新的资料予以定期更正。底数真实了，则征粮、取赋就更加高效、合理。

百姓困顿得到缓解，上虞人的日子逐步好转，邹复宣也受到了百姓爱戴。任职三年转眼过去，他的品德、政绩也被朝廷肯定。经考核，把他调任到了金华县。相对而言，金华县繁华很多。在这里，邹复宣依然秉持“勤、廉、能”，为官一任，造福一方。他采纳了“抽籴法”来征缴粮食与税收，这样官吏的骚扰少了、开支省了，百姓的赋税负担也减免很多。

五年后，邹复宣任满离开金华，升任为河南道监察御史，百姓们依依不舍。在监察御史的职位上，他一如既往地廉正刚直。刚上任三个月，就写了七篇奏章，把自己所了解到的太监监矿、监工中害民的问题悉数上报。言官们控告宦官的恶行，是从他开始的。他的这些言行，让掌权的官员及太监们很愤怒，可是他依然不改初衷。

当时朝廷内忧外患，经过了“万历三大征”的战争消耗，财政困难，加上很多地方水旱蝗灾、疾疫频仍、盗寇蜂起，外面还有辽东的努尔哈赤攻陷沈阳。增收节支最能体现官员的节操。万历皇帝给了他一个机会，钦点他去招兵 2000 人，预付给了他征兵的饷银 30 万两，允许他根据实际情况操作，节约下来的资金可以归己。

邹复宣接受任务之后，立刻动身前往浙江的上虞、金华征兵。他从不用公函骚扰地方。不到半年时间，征募到了青壮男丁 3200 人，仅仅用去白银 64000 两。在前去核定费用时，他不肯浮支冒领，所节约出来的 20 多万银两全部交还给了国库。

兵部尚书张鹤鸣发现他的廉能，如获至宝，带他去西北防区管理军队财物。邹复宣悉心理财，终因积劳成疾，倒在征途上，年仅 43 岁。

临终前，邹复宣对各位同僚说：“我死后，儿子没有钱来营葬，可能会拖累各位了。我也只能用这颗心来报答朝廷了。”邹复宣去世后，部下们清点他的遗物，只有三件旧官服。于是，大家一起凑钱，购置棺木，赠送路费，让他家人将遗体运回家乡吴城安葬。皇帝听说了他的事迹，破例追封他“光禄寺少卿”，下旨四时祭祀。

邹复宣的子孙逐渐散居各地，开枝散叶，多有成就。他的孙子邹度庸、邹度珙都是进士，其中邹度珙有“神童”之称。清顺治十七年（1660 年），年仅 25 岁的邹度珙就担任“钦差湖楚五省典试总裁官”，以才华折服了两省官员与学子。他外出十年后，路过吴城故里，感慨万千，提笔写下了《望湖亭》诗一首：

茫茫天外练光开，十载征人今溯回。
江上叠山依岸出，沙边飞鹭带帆来。
峰添螺黛云移影，潮卷虹涛雪作堆。
何处疏钟鸣应谷，日斜倚楹独徘徊。

第五节　才高德馨叶一栋

清康乾年间，古镇吴城有个名叫叶一栋的人，不仅做了朝廷大官，而且是个出了名的大孝子。

叶一栋（1699 ～ 1778 年），吴城镇河东墨庄（今西庄）村人，自幼性情淳厚，秉性温顺，年方九岁便聪慧绝伦，奉侍双亲尽孝至诚。

在封建社会，读书人的梦想就是金榜题名，一旦做了官就可以光宗耀祖。叶一栋虽是农家子弟，却是个好学上进的读书人，他也想考取功名，可是家里很穷，有时甚至连饭都吃不上，求学之路殊为不易。

叶一栋的家乡当年流行一种名叫“脬肚”的地方病，有首民谣唱道：“墨庄是个脬肚窝，有女莫嫁墨庄哥。”可见此病害人不浅。脬肚，就是血吸虫病，严重危害人体健康。叶一栋小的时候，父亲就染上了这种病，成天挺着个大肚子。后来腿上又生了个无名毒疮，皮肤溃烂，脓血如败卤，腥臭味难闻，当地的土郎中见了无不摇头便走，

说无法医治。母亲为此日夜祷告许愿，求神赐福，可一点用也没有。叶一栋于是跑到镇上去请更高明的医生。名医见了，也说脓血如泣，腐肉难除，不可治愈。叶一栋听了不住地磕头跪求，见医生无动于衷，便“扑通”一声匍匐在父亲腿边，撮着嘴唇去吮吸父亲腿上的脓水，还用舌头舔舐烂肉。医生被其孝心感动，只好答应试试。在医生的精心治疗下，他父亲的不治之症竟然奇迹般痊愈了。叶一栋的孝行很快就传遍了乡里。

父亲虽然身体不好，为了生计还得长年在鄱阳湖打鱼捕虾，家里的大事小事都靠母亲料理。叶母既贤惠又有远见，督促他苦学不辍。叶一栋也深铭母恩，对母亲特别孝顺。家里有好吃的，他从来不先吃一口；有亲戚朋友送来食物，他要自己先尝过之后，觉得冷热松软适合才递给母亲吃。

叶一栋心怀报国志向，才学过人，参加科举考试却屡试不中。就在他对科考断了念头，想要放弃学业帮父母干农活的时候，母亲给了他一言忠告：“儿呀，爹娘既然生了你，就要好好培养你，书是非读不可的！”叶一栋不忍让母亲为自己操心受累，决心再考一次。功夫不负苦心人，这次参加会试竟然中了进士，时年 37 岁。叶一栋要去朝廷做官了，临行前，他反复交代妻子一定要替自己好好孝顺父母。

为官路上，叶一栋谨记母亲教诲，为国家出力。他为人正直，清廉简朴，严于律己，身体力行，在官场上声誉颇佳，深受乾隆皇帝赏识，成为朝廷重臣，官至都察院左副都御史，位列九卿。做了大官的叶一栋仍不失布衣本色，生活起居十分俭素，每天吃的是粗茶淡饭，点的是暗淡的油灯，床上盖的被子用了十几年也舍不得更换。他立德修身，克勤克俭，对百姓关爱有加。乡亲们感念其德，要在家乡为他建一座功德碑，大家纷纷慷慨解囊，踊跃捐款。叶一栋闻知连忙加以劝阻：“此事万万不可！父老乡亲是我的衣食父母，我岂能接受如此厚待！”好说歹说乡亲们才肯作罢。

官做大了，位高权重，难免遭人嫉妒。1755年，叶一栋受胡中藻案牵连被贬罢官。回家途中，乘船经过鄱阳湖的时候，遭遇一群土匪，土匪们满以为打劫到官船可以发一笔横财，一个个凶神恶煞，要他交出财物。叶一栋说：“我虽在朝为官多年，却身无长物，行李中没多少钱。”土匪哪肯相信：“哼！像你这样当大官的还会没有钱？！”他们不由分说，抢着登上船就搜，谁知在船上翻了个底朝天，除了有几箱书和一只北京烤鸭外，果然没找到一样值钱的东西。匪首甚觉奇怪，问其缘故。叶一栋说：“我乃读书之人，书才是我的命根子，至于那只烤鸭么，是带回家给我母亲品尝的，我买不起更好的东西孝敬母亲。”土匪听后，感慨不已，连声说：“原来此人是大孝子啊，杀不得！杀不得！”他们非但没有杀害叶一栋，还送给他好几条大鳜鱼，让他带回去孝敬母亲，以表敬意。

叶一栋以孝为先的事儿不胫而走，传到了乾隆皇帝那里。乾隆皇帝是位有孝心的皇帝，此时的他正在江南巡游，听后很受感动，除了佩服其才华，更看重他的人品和孝心，不仅让叶一栋官复原职，还赐其鸿胪寺卿衔加一级，诰封中大夫。

自古忠孝难两全。母亲到了晚年，经常病痛缠身，身体每况愈下。叶一栋心里十分不安，于是辞官回家，奉养母亲。炎炎夏日，他为母亲扇凉枕席；寒冬腊月，他用身体为母亲温暖被褥。母亲生病，叶一栋流着泪，须臾不离，亲自端茶送水，侍奉膝下。母亲病重时，他目不交睫，衣不解带。母亲所服的汤药，他亲自尝过后才放心喂给母亲。有次给母亲熬汤药不小心跌了一跤，他怕母亲难过，索性坐在地上像小孩子似的啼哭，以此博得母亲欢心。其孝心赢得了乾隆皇帝盛赞。叶母九十寿诞时，乾隆皇帝御笔题写了“慈耋延祺”四个大字，镌刻在匾额上，为其母贺寿。

叶一栋一生孜孜以求，著述颇丰，诗文集有《古文集》《朴诚堂诗》，另有《重修望湖亭记》《乾隆九年江南乡试》《楷书圣母皇太后万寿颂册》等文章和书法作品。

第六节　以身许国吴一嵩

吴一嵩，字位中，号仰亭，吴城镇吉山村人，清乾隆十年（1745 年）进士及第。此后 20 多年时间，他在河南、甘肃、云南、四川的 10 多个地方担任县令、知州，晚年在四川重庆府任知府、松茂道当道台。乾隆三十五年（1770 年），吴一嵩参与平定大小金川叛乱，负责大军的后勤补给，三年后在木果木殉难，终年 65 岁。时人评价他“气韵沉雄”“自有一种不可磨灭之概”，他的诗歌被认为是“珠比沈宋、溢于肺腑、慷慨激昂”，其人品文品均成为佳话。

吴一嵩为官勤勉，从高中进士到殉难的多年里，他一直在偏远落后地区任职，前后管理过 10 多个州、府、县。他始终抱定赤子之心，每到一地，他白天深入底层了解情况，晚上回到官署处理公文。对于案件的审理，他反复推演，防止错漏，常常工作到四更天才能休息。他在诗中感叹：“耿耿寸衷思匪懈，不知寒漏已三更。”“心劳抚字因为吏，境得清闲即是仙。”他这种勤恳过人的精神、理政治事的才能，深得督抚们的肯定，一再被委以重任，哪里有困难，就把他调到哪里去。

吴一嵩始终关注民生，走遍辖区内的山山水水。他转调甘肃时，一到任就碰到了属地泥阳镇发生重大冻灾。他顾不上去衙署停歇，洗除一路风尘，而是立即带领部属来到农田查勘灾情，安排自救并上报，组织赈灾事宜，后来还写下诗歌《勘霜泥阳》记录当时的情形：“俯仰家谁给，流亡俸自惭。绘图应待告，发粟尚需参。”以表达关心民间疾苦的深厚情怀。

吴一嵩一生清廉，以至于生活清贫，连自己的袍子、官服都无法置办，常常需要朋友帮衬，甚至让家中寄钱过来贴补。他写诗自警：“自得天天致，红尘俗不侵。”他任夏邑（今禹州）县令一年后转调祥符县时，在《留别绅士》诗中写道：“尊酒城关劳盛饯，卷书雪案励余冬”，以示自我激励。

吴一嵩教子有方，他常把四个儿子带在身边，甚至去朝廷汇报或者职务变迁时，都要让儿子千里同行，让他们经受磨砺，教他们爱民爱国。他在《白菊》《黄菊》诗中教导儿女说：“冷艳全欺雪，清标独傲霜。一秋琼比洁，三径玉为光。月下看无影，灯前嗅有香。素心高晚节，皎皎殿群芳。”“众草惊摇落，东篱始吐芳……任凭寒彻骨，不染五更霜。”在他的熏陶下，儿孙们以廉洁正派的作风为官为人，被翰林院庶吉士程钟龄誉为“克传先芬”。

吴一嵩在诗歌《马兰菊》中写道：“赢得芳名齐九畹，终持晚节傲黄花。”这正是他为国尽忠、慷慨赴义的真实写照。殉难前夕，他在木果木驻地的兵卫仅有200人。当时的提督董天弼所镇守的底木达基地已被叛军攻破，清军的水道被截断。面对汹汹而来的金川叛军，驻地一天接到数次警讯，气氛十分紧张，后勤官员聚集在吴一嵩住处，请他赶快回撤。吴一嵩告诉大家，我负责总理大军的粮饷，责任重大，决不能撤。在场的人哭泣着求他快走，吴一嵩只是平静地吩咐，把自己的貂帽捎给家人。九天之后，叛军攻入后勤大营，他从容就义，家人以他的貂帽招魂安葬。那些撤离的同人，后来多人官至督抚大员。

乾隆皇帝听到吴一嵩的事迹，时常把他挂在嘴边，褒扬他是“有才”“勤勉”的典型，并追赠他为“太仆寺卿”，晓谕在吴城团山岭建造一座“昭忠祠”，永久地纪念他。

第七节　文武双全吴坤修

吴坤修（1816～1872年），字子厚，号竹庄，吴城镇吉山村人，能文善武，受到清廷的重用。他担任过湘军将领，代理过安徽巡抚，率军打过不少硬仗，立下了赫赫战功，具有将帅之才。

吴坤修苦习诗书，取得功名，来到湖南湘阴县做地方官。道光末年，协助剿灭了李沅发叛乱，开始崭露头角。1852年7月，太平军攻打长沙，吴坤修率地方部队参加了长沙守卫战。这一仗打死了太平军的军事统帅肖朝贵，吴坤修因功被提拔为知县。

1853年9月，吴坤修在衡阳见到了一生中对他有知遇之恩的曾国藩，从此开始了20年的相知相从。曾国藩命吴坤修去湘乡招募兵员，同年11月，曾国藩创立了水师，委任吴坤修管理弹药军械。次年，曾国藩率领水师攻打九江，反而被太平军所围困，无法逃脱，几乎投水自尽。吴坤修单骑奔赴前线，引导曾国藩的船队脱离包围圈，来到吴城附近的鄱阳湖水域。在这里，曾国藩重整水陆队伍，与太平军展开了多年的拉锯战。

1854年，吴坤修率领部分舟师协防于瑞昌一带。后长江重镇武昌再次被太平军攻陷，他奉命率部随从罗泽南驰援湖北，一连光复了咸宁、蒲圻、崇阳、通城等城池，进逼武昌。吴坤修因战功显赫被赐予顶戴花翎。

1856年，江西战场风云变幻，太平军再次占领赣北、赣西多地。胡林翼命令吴坤修率领新近招募的“彪字营”4000余人，会合其他湘军前往救援，给被围的曾国藩部队以莫大的鼓舞。

清军新募了不少兵员，粮饷匮乏，吴坤修捐出所有家产，砸锅卖铁，全部拿来充军，并劝谏家乡父老出钱出米接济部队。他终于筹集到四万两白银，亲自押送到南昌，后率部奔赴前线，接连拿下了新昌、上高、安义、靖安等县，彪发凌厉，英勇无敌，经过恶战，又攻夺了奉新县城。他再次破格提升，被任命为广东南韶道台，但他没有赴任，而是继续转战于瑞州一带。

1859 年初，在曾国藩的推荐下，江西巡抚耆龄任命吴坤修督办抚州三个地方的团练。他发挥优秀的组织才能，立马组建了团防营，驻防于抚州、贵溪一带，后奉命移往德兴，驰援徽州。

1861 年，吴坤修攻下了徽州的建德县，并驻军建德。当时的建昌府（今南城县）被太平军围困，继任的江西巡抚毓科写信请他回援。吴坤修率部出击，打垮了太平军。太平军的残部退守到金溪、东乡一带，他继续追剿，在余江县邓家埠将其歼灭。

1861 年 12 月，曾国藩的祁门大营再度被困，危机万状。为了配合曾国藩的部队，防止太平军从景德镇回师，夹击祁门大营，吴坤修迅速挺进广信(上饶)的德兴、万年，封锁太平军从建德直入江西。一路激烈战斗，一路急速行进，比太平军更早到达湖口，保住了湖口重镇，于是被朝廷授予了盐运使。

1862 年，吴坤修率部转战安徽。太平军李秀成部从苏州救援南京江宁，

分兵进攻芜湖，他会同其他部队击退了太平军。借着得胜之机，继续收复了金保圩、高淳、溧阳、东坝等重要关隘，他把陆续投降的数万太平军遣散，一个都不杀，此举深得民心。

1863 年后，吴坤修先后担任了安徽的道台、按察使、布政使、署理巡抚等职，为治理安徽办了很多实事，直到 1872 年去世。

吴坤修文才很好，在军旅生涯间隙撰写了不少文稿、诗歌，汇编了《三耻斋初稿》，主编了《释氏十三经》《重修安徽通志》等丛书。

吴坤修的书法为世人称道，至今在安徽还保留着至少三处墨宝："汉淮南王墓"碑、"古皋陶墓"碑、芜湖谯楼上题写的"白日青天"榜书，字体苍劲有力。

第八节　半生作客赖学海

赖学海，字汇川，号虚舟，广东顺德龙山乡人，生于清道光年间，光绪十九年（1893 年）去世。

赖学海起初跟随长辈来到吴城，乃至于恋上了吴城，长期居住于此。当时他寓居的地方叫作岭南馆。在《雪庐诗话》中，赖学海提到多年来仅回乡数次，其余时间多在吴城，从事南北海货的经营，且积累了一定的财富，并与文人论诗谈文，写下《虚舟诗草》《广艺舟双楫》等诗文集。

对于赖学海在吴城 40 年间的生活细节，可以从吴城父母官冯询的作品中找到一些蛛丝马迹。

冯询是赖学海的老乡，在江西担任同知、知府 30 年，为官节俭，操守廉明。自 1848 年开始，升任南昌府同知（吴城司马），一干就是

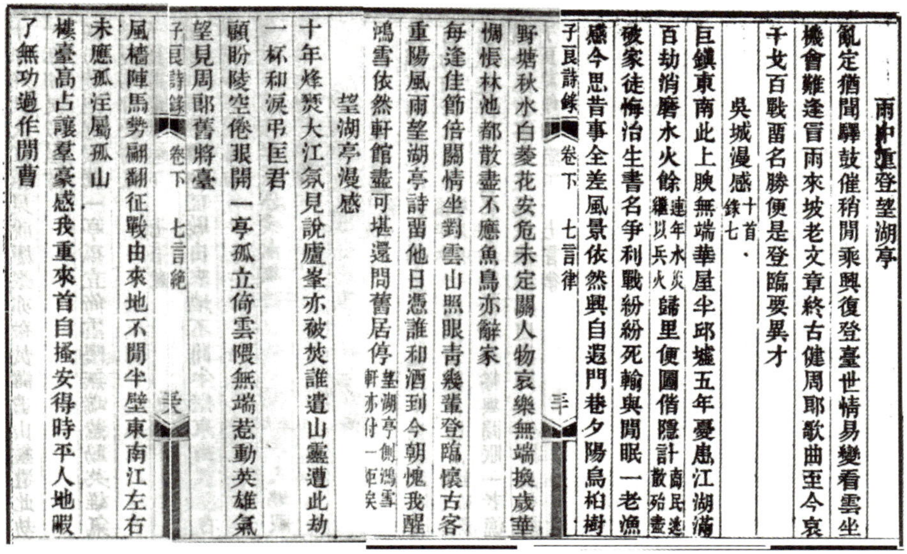
雨中渡登望湖亭
亂定猶聞驛鼓催稍閒乘興復登臺世情易變看雲坐
機會難逢冒雨來坡老文章終古健周郎歌曲至今哀
干戈百戰留名勝便是登臨要異才
吳城漫感十首・錄七
巨鎮東南此上腴無端華屋半邱墟五年憂患江湖滿
百劫消磨水火餘連年水災繼以兵火歸里便圖偕隱計商民逃散殆盡
破家徒悔治生書名爭利戰紛紛死輸與閒眠一老漁
感今思昔事全差風景依然興自遐門巷夕陽烏桕樹
子良詩錄 卷下 七言律
野塘秋水白菱花安危未定關人物哀樂無端換歲華
惆悵林池都散盡不應魚鳥亦辭家
每逢佳節倍關情坐對雲山照眼青幾輩登臨懷古客
重陽風雨望湖亭詩留他日憑誰和酒到今朝愧我醒
鴻雪依然軒館盡可堪還問舊居停望湖亭側鴻雪軒亦付一炬矣
望湖亭漫感
十年烽燹大江氛見說廬峯亦被焚誰遣山靈遭此劫
一杯和淚弔匡君
顧盼陵空倦眼開一亭孤立倚雲隈無端惹動英雄氣
望見周郎舊將臺
子良詩錄 卷下 七言絕
風檣陣馬勢翩翻征戰由來地不閒半壁東南江左右
未應孤注屬孤山
樓臺高占讓羣豪感我重來首自搔安得時平人地暇
了無功過作閒曹

15 年。咸丰五年（1855 年），太平军进占吴城。在加固吴城防务之余，冯询与赖学海秉烛夜话，谈心论诗，汇编成《雪庐诗话》。

在冯询留下的诗歌集《子良诗录》中，与吴城有关的诗歌 27 首，其中赠给赖学海的有 5 首。同治二年（1863 年），冯询想刊印自己的这部诗集，可是囊中羞涩，最后还是由赖学海在吴城为他出钱刊印。

赖学海为撰写《吴城竹枝词》倾注了大量心血。他认识镇上的大多数人，了解每一个细节。他入境随宜，运用自己写诗文的特长，把古镇风俗及景象收纳到了笔下，“闲尝无事以韵语编之”，把吴城当地人盛传的歌谣都记录下来，慢慢铺陈吴城的乡风民俗，到同治四年（1865 年）汇总为《吴城竹枝词》。

《吴城竹枝词》描述的主要有五类：一是历史典故类，有 10 余篇，比如在记录令公洲的变化时，他写道：“钉住长流挂死蛇，两泉双夹一洲斜”；二是市镇风貌类，有 20 余篇，记述了镇上的六坊、望湖亭、聂公庙、香姑垅、白骨塔、千英巷、各大会馆、僧寺、道馆、衙门等建筑和格局；三是民俗风情类，此类诗歌数量最多，反映了朝香、整规、荡路、打牌、拜年、迎神、开镰、行当戏、西瓜戏等风俗民情，描绘了鼎盛时期吴城的繁华景象和众多的行业生活；四是土物特产类，刻画了鄱阳瓜、银鱼、藜蒿、酥糖、蒲扇、干鱼等产品，是世人了解吴城生产发展、商贸繁盛历史的一扇窗口；五是风光景致类，涵盖了吴城的湖区风光和人文胜迹。真可谓丰富多样，异彩纷呈。

古人评价说，《吴城竹枝词》“体虽俳而情则正，词虽俚而意则深”。它题材广泛，韵味悠长，故而广为流传。《吴城竹枝词》是对江西竹枝词的极大丰富，是当时吴城社会经济文化发展状况的真实反映，作为反映民情百态、历史文化的一种载体，具有独特的地域性和广泛的社会性，对研究吴城乃至江西的时政史料提供了重要参考。

第九节　良贾义商傅紫庭

傅紫庭是吴城一位具有传奇色彩的商人。他经营的公司叫作福丰洋行，地点设在后河街上段七星桥和葡萄架，是吴城镇上规模最大的洋行，主要经营九江美孚公司的煤油，其分公司开设到了永修、南昌、天津等地，和上海、南京、天津、九江等地的美孚洋行相连通，形成较大的销售规模。从九江运来的煤油，一般在吴城中码头上储运，再分发给南昌、永修等地。

1925 年以前，吴城镇居民用来照明的，不是清油灯便是蜡烛。当时煤油被叫作“火油”，用于替代菜油与柴火来照明，后来也用来取暖、烧饭菜和发电。最初洋人曾试图在吴城打开煤油销路，可是由于没有沟通好，销售受到抵制。傅紫庭发现了这个商机，经与美孚公司协商，拿出多项灵活的策略，吴城的火油才得以推广，古镇百姓开始了点煤油灯的历史。作为一位内地商户，傅紫庭完全从最底层做起，一步步走向规模经营。美孚公司对他的人品、商德、文明素养非常认可，所以放心让他经营。

经营之初，为了改变吴城人使用油灯、蜡烛照明的习惯，傅紫庭示范点起了煤油灯，让百姓过来参观，看看煤油的优点。相比于过去的柴火，煤油确实更加清洁，屋子墙壁再也不会被熏得乌黑。接着，他在店铺门前贴出广告，进行煤油促销：凡是在本店购买煤油一斤可赠送新型煤油灯一盏。他所赠送的煤油灯都配备了双腰型玻璃灯罩，不仅款式新颖、品种多样，还能遮风挡雨，加上任人挑选，顾客蜂拥而至。

有灯必须要用煤油，从而产生了鸡和蛋的连锁效应。一时间，吴城居民纷纷购置煤油灯用于家庭照明。他经营的煤油生意大为火爆，销路一打开，洋行每天忙忙碌碌，利润滚滚而来，不到几年工夫便实力倍增，成为吴城乃至江西的大商户。

洋行是傅紫庭发家致富的重要基地，同时他注意了稳健经营，专门在吴城樊家垅开设了一家福丰商号，主要经营百货南杂类物品，小到吃的糕点，大到用的物件，天南海北，包罗万象，他的商号于是成了镇上响当当的金字招牌。傅紫庭凭实力在吴城商会中取得一席之地。

在吴城龙奇路一带，傅紫庭购置了一排房产，内有花园，园中有池塘，四周栽种着桃树、梨树、李树等果树，还有许多花卉，园内姹紫嫣红。直到现在，知情人还能指认出他两层青砖小楼的故居。

傅紫庭让吴城人念念不忘的地方，主要是他有大爱，先后做了不少善事，暗合了现在的“取之于民、用之于民”的理念。他的善举至今仍为人们口耳相传。

当时社会各类灾害频发，百姓困苦，遇到灾荒，傅紫庭会让人搭建粥棚，用数口大锅熬煮稀粥，施放给灾民。每年冬天，他还依托吴城商会这个平台，给食不果腹的孤老发放粥牌，每天给孤老供应两顿米粥。有些人家里很穷，死后无力购买棺木，傅紫庭就让这些穷人到棺木店里免费领取棺木，再由棺木店到他店里结账。对于一些小的煤油赊购账目，他都让人定期核销，不再追讨。他与吴城商会同人一起，合办了一所“贯彻小学”，其中教室、教具、教学经费由他负担。建成之后，该小学免收学费，免费提供一天两顿粥饭，让读不起书的穷人家孩子都能够争取不辍学、不掉队。这所贫民小学的开办，改变了许多穷人孩子的命运。这些善行善举，得到吴城老百姓的认可，人人交口称赞。

20 世纪中期，傅紫庭移居南昌，担任了江西省的政协委员，在南昌市内居住。他把自己的家产无条件捐给了政府，名下的工厂和公司也在各地参加了公私合营。吴城的福丰洋行做了吴城米厂，吴城的故居成了江西水产学校教学楼，后来水产学校迁走，一度挪作他用，做过医院职工宿舍。因年久失修，房屋逐渐荒废，屋顶塌漏，门窗破败，院子里杂草丛生，但还是得到吴城人有意无意地保护，幸存至今。20 世纪 60 年代初，傅紫庭在南昌市子固路的家中病逝。

第十节　青年团一大代表叶纫芳

叶纫芳（1883 ～ 1947 年），号南馨，吴城镇大同八门村人。在清末和民国那风起云涌的时代，他先后与孙中山、毛泽东等人聚首共事，四方奔走，躬身造福民生，是一位重要的历史见证者和参与者。

叶纫芳家族耕读传家，风气严谨。受其影响，早年他参加过科举考试。辛亥革命爆发，李烈钧等人主政江西，叶纫芳倾向革命，很快被推荐进入了江西的军政府。他还与当时的中国社会党领导人江亢虎交厚，被任命为该党的南昌支部部长。后来他辗转奔波于上海、九江、南昌、广州、北京等处，从事过多种工作。

1919 年，司徒雷登所创办的燕京大学开始招生。叶纫芳投考了这所学校，很快被录取。期间他热心工农运动和青年活动，与谭平山等人过从甚密。毕业后，叶纫芳南下广州。

叶纫芳受谭平山、俞秀松、施存统等人影响颇深，他经常深入工农群众之中，参加到早期共产主义的各类组织，撰写并发表了不少文章，属于活跃分子，其言论颇受瞩目。期间他与马林、张太雷、陈独秀、谭平山等人交往不少，据团中央资料中记录说：

> 在汕头，叶纫芳等人也有所活动。马林和张太雷于一九二二年一月到汕头市与他们多次联系，向他们提出了建立社会主义青年团的要求。谭平山在组建广东社会主义青年团的时候，给潮汕地区的同志寄去团的章程和书报，委托他们开展建团工作。叶纫芳回信表示：他“应允了”马林和张太雷关于要他们在潮汕地区建团的要求。他对谭平山说：“……要尽我底能力联合各处的同志，并宣传运动本地的各界。”谭平山与彭湃取得了联系，彭湃于一九二二年三月三日来广州，参加了广东团组织的创建工作。

此外，借由《广东群报》《青年周刊》等阵地，叶纫芳与谭平山讨论并宣传社会主义思想。1922 年 3 月 22 日刊印的《青年周刊》第 4 号上刊登了一篇《纫芳致谭平山的信》，叶纫芳公开宣传俄国，号召工团革命，达成共产主义。

党中央决定 1922 年 5 月举行社会主义青年团第一次代表大会、全国第一次劳动大会，都定在广州召开，要求全国各地落实推荐代表。叶纫芳有幸被选为潮汕地区的团代表、工人代表，同时参加了这两个大会。

社会主义青年团的正式代表一共有 25 人，叶纫芳的代表身份是明确的，可是人们对他的事迹却了解不多。现存公开的报道中，有人甚至误认为他是女性。直到最终在苏联解密档案中，发现了他在青年团一大会议上的签名和发言记录，其中记录中有这样一段文字：

> 今天是中国社会主义青年团第一次大会，又是马克思诞生纪念日，又是欢迎全国劳动者的大会。兄弟得此机会参与盛会，令我发生好多感想和希望。社会主义到中国还不很久……在这种政治黑暗、武力压迫之下，我们应如何努力奋斗，务望社会主义随处皆得实现，到最后全国实行团结起来，将资本主义根本打倒，将共产主义的社会建设起来，那么我们的目的才算达到……

1922 年 8 月，孙中山先生从广州避难到了上海，叶纫芳随同。中山先生在上海市环龙路 44 号（今南昌路 180 号）自己的寓所创建了国民党本部，作为全国的指挥中心。叶纫芳在其中担任干事，默默工作三年半。1924 年 1 月，第一次国共合作形成，国民党本部从上海迁到了广州，上海的本部改名为“上海执行本部”。毛泽东代表中共参与其中，主要从事秘书处工作，叶纫芳与毛泽东等人朝夕相处，两年间结下了不解之缘。

1925 年，孙中山先生悼念会之后的第三天，社会各界在上海闸北再办追悼大会，宋庆龄委托叶纫芳代表她出席并致辞。

1926 年，叶纫芳任江西省政府襄理政务，此后历任省民政厅第一科科长、代理厅长、省救济院院长、省水利局局长、省振务会秘书、省救济委员会总干事等职务，晚年参与编撰《江西通志》，投身江西省第一所本科大学——中正大学建设之中。1947 年农历二月，他在南昌去世，享年66 岁。乡人把他运回吴城镇，安葬在程家山后的木星垴上。

第七章

名人足迹

江天鹤舞遮云月，亭榭人来揽风流。在吴城这片狭长的湖岛上，重叠着许许多多的足迹：李白浪漫豪放的步履、东坡风尘苦旅的芒杖、文天祥沉重响亮的脚镣、孙中山坚定有力的步伐……如今，斯人远去，却留下了极其宝贵的人文财富。

遇见吴城，最钟情于遇见她的才气和故事。

第一节　谢灵运钟情石镜

谢灵运（385～433年），南朝宋时期的大诗人。元嘉八年（431年）春，因朝廷把他贬斥到抚州担任临川内使，他和堂弟谢惠连一起坐船，从都城南京赶往抚州。一路上，兄弟俩寄情山水，在庐山、鄱阳湖逗留数日。在路过吴城时，谢灵运对松门山的景色十分留恋，写下了一首《入彭蠡湖口》，这也是目前可考的最早咏吟吴城的诗文。

客游倦水宿，风潮难具论。
洲岛骤回合，圻岸屡崩奔。
乘月听哀狖，浥露馥芳荪。
春晚绿野秀，岩高白云屯。
千念集日夜，万感盈朝昏。
攀岩照石镜，牵叶入松门。
三江事多往，九派理空存。
灵物吝珍怪，异人秘精魂。
金膏灭明光，水碧缀流温。
徒作《千里曲》，弦绝念弥敦。

当时，谢灵运内心郁闷，他从南京行舟数日，路途数百里，整日歇宿船中，舟车劳顿，身心疲倦。由湖口进入鄱阳湖，过庐山脚下直至吴城后，见沿途风急潮猛，浪潮遇到洲岛分流回绕，不断来回冲击着湖岸。夜色里聆听长尾猴悠长的哀鸣，夜露中饱吸着芳草的馨香。春末的原野上铺展着秀丽的绿意，高高的山岩上屯聚着朵朵白云。此情此景，让他日夜思绪万千。

就在这时，谢灵运忽然发现了鄱阳湖上的松门山岛，岛上两岸青松挺拔，绵延数十里，仿佛在向人招手致意。这对处于极度伤感中的谢灵运来说，无疑是对心灵深度地按摩。他立即要求停船，同堂弟一起兴奋地跳下船，登上岸，不时用手拂过松叶，沿着岛的东方一路前行。

奔至瓢头山，只见山腰上静静地趴着一块圆形巨石，很是光滑。谢灵运叫嚷道，这是巨石之镜，是天然圆镜，是鬼斧神工、天地造化之作。于是，他赶紧穿上了自制的木鞋（前后齿可装卸，后人称之为“谢公屐”），不管不顾地攀上岩石，理好美髯，照着“石镜”。照着照着，他又不由得感慨不已：真是世事难料啊，大禹疏治三江的传说已成为往事，长江分成九派的玄理也难以推究明白。而抱负难以实现，贤者也大多归隐，就连江湖中的灵怪神异都因吝惜其珍怪之相，而秘藏其精神魂魄，金膏不再发光，碧水也变得不再温润。

面对石镜自照，谢灵运千念万感郁积在心，最后像火山一样爆发：我枉自弹奏了一曲《千里别鹤》，本想借此消忧，谁知突然断弦一声，万籁俱寂，唯有那无尽愁思在江天回荡。

谢灵运《入彭蠡湖口》这首诗，将幽愤之情合山水清音，以其边幅趋于广远、笔致趋于跳荡、情景趋于交融，表现了其山水诗作的新进境，对后人的创作产生了很大的影响。

由于地理、人文的原因，谢灵运所钟情的松门石镜已经难以找寻，但那充满温度的诗文得以留芳千年，流传至今。

第二节 李白诗题松门山

公元757年初，隐居在庐山屏风叠的李白受永王李璘的邀请，辞别夫人，下山归入李璘幕府。农历二月，永王兵败被杀。李白受牵连，被流放夜郎，路上遇到特赦，回到了浔阳。

时年秋天，年近六旬的李白陪着夫人宗氏重回庐山，两人一起练习道士的法术，并一道去寻访宰相李林甫在庐山归隐的女儿李腾空道长。见面后，李白鼓励夫人与李腾空一起修道。

760年冬，李白下山来到了建昌县，探访老友建昌县令（时称建昌宰）屈突。在得到屈突的热情款待后，才华横溢的李白在县衙厅堂的墙壁上写下了《对酒醉题屈突明府厅》一首诗。诗中写道："陶令八十日，长歌归去来。故人建昌宰，借问几时回。风落吴江雪，纷纷入酒杯。山翁今已醉，舞袖为君开。"思绪悠远，诗情豪放，是李白晚年的佳作之一。

在建昌游历期间，消灭“安史之乱”余党的战争正在艰苦地进行。李白在上潦津（今永修县涂埠镇上街头）亲眼目睹建昌县、浔阳县的百姓子弟登上战船，踏上征途，老母亲白发相送的悲壮情景，深有感触，提笔写下了《豫章行》一诗，留下了“半渡上辽津，黄云惨无颜。老母与子别，呼天野草间”的历史记忆。

李白对南朝诗人谢灵运十分景仰，他乘船沿修河顺流而下，奔向吴城畅游山水，领会谢灵运感受到的“攀岩照石镜，牵叶入松门”的高妙意境。

追慕谢灵运的足迹，来到鄱阳湖中的松门山，李白的感慨顿时如滔滔湖水，先后写了《过彭蠡湖》等五首佳作名篇。其中，在《入彭蠡经松门观石镜缅怀谢康乐题诗书游览之志》一诗中，他深情地吟唱道：

谢公之彭蠡，因此游松门。
余方窥石镜，兼得穷江源。
将欲继风雅，岂徒清心魂。
前赏逾所见，后来道空存。
况属临泛美，而无洲渚喧。
漾水向东去，漳流直南奔。
空濛三川夕，回合千里昏。
青桂隐遥月，绿枫鸣愁猿。
水碧或可采，金精秘莫论。
吾将学仙去，冀与琴高言。

不仅如此，李白还有多篇描写松门山及其松门石镜的诗篇。在送别族弟李昌峒去鄱阳县担任司马的时候，他不禁联想到谢灵运和谢惠

连兄弟情深，并以此类比，写下了《寻阳送弟昌峒鄱阳司马作》，其中描绘了“松门拂中道，石镜回清光。摇扇及于越，水亭风气凉”的景致，生发了“吴山对楚岸，彭蠡当中州。相思定如此，有穷尽年愁”的感慨。

在一篇名叫《下寻阳城泛彭蠡寄黄判官》的诗歌里，他也留下了“石镜挂遥月，香炉灭彩虹。相思俱对此，举目与君同”的咏叹。

李白过建昌感怀良多，尤其与吴城结下了不解之缘，这些描绘松门山的诗作犹如诗海中的贝玉，至今仍熠熠生辉。

第三节　东坡望湖亭咏怀

苏东坡与建昌的缘分很深，因为他的至交好友、理学大家李常是建昌人，他经常来此访友寻胜，多次入鄱阳湖过吴城。

1094 年 8 月，苏东坡被贬，考虑到他是皇帝的老师，年纪老迈，被同意经由水路过鄱阳湖去广东。苏东坡乘船沿途欣赏湖上风景，过吴城常湖（长湖）时，见湖上波涛万顷，一望无际，依稀可见孤独的丁家山，于是诗兴大发，写下了《南康望湖亭》这首诗：

八月渡长湖，萧条万象疏。
秋风片帆急，暮霭一山孤。
许国心犹在，康时术已虚。
岷峨家万里，投老得归无。

这首诗深情低缓，沉重哀伤，表达了忧国忧民的思想。苏东坡的诗文妙绝天下，但是政治上屡受打击。于是，他逐渐亲近佛家和道家，诗酒人生。

《新建县志》中还记录了苏东坡创作的五首《六月二十七日望湖楼醉书》，其中“黑云翻墨未遮山，白雨跳珠乱入船。卷地风来忽吹散，望湖楼下水连天”的诗文已入选小学语文课本。

苏东坡最后一次经过吴城，是他去世的三个月前，经豫章沿鄱阳湖北上。在望湖亭的后侧有一座顺济龙王庙（后称“广济祠”），相传为纪念东晋时期净明忠孝道教创始人许逊斩蛟的地方，香火十分旺盛，庙前有十八级和三十三级两段台阶，意即“脱却十八层地狱”“又登三十又三天”。他泊舟望湖亭下，登上顺济龙王庙进行朝圣，并叩拜了宋真宗御题《戒蛟文》的刻碑。

在望湖亭下寻访时，他无意中拾到了一支石制的箭头，却不巧失手入水，赶紧让人捞起，失而复得让他欣喜万分。于是，他提笔写下了《吴城顺济庙石砮记》，详尽地记叙了自己在望湖亭顺济龙王庙下，寻获并供奉那支孔子当年念念不忘的珍贵“石砮”的事情。

仰慕苏东坡的人非常多，名人刘伯温、解缙、唐伯虎，状元公罗洪先、罗钦顺，大学士李梦阳，清朝鸿胪寺卿叶一栋、江西布政使彭玉麟等，都为东坡题诗望湖亭而咏叹。清朝同治时期，诗人赖学海在《吴城竹枝词》里这样写道：

东坡行后已千年，广济祠闻石砮传。
欲向井边寻故事，又登三十又三天。

第四节　文天祥风雨过吴山

据文天祥的《文山集》记载，文天祥早年在吴城顺济龙王庙内留下过墨迹。他 29 岁任职江西提刑时，在此创作了《吴城山》，全文是这样写的：

龙行人鬼外，神在地天间。
彭蠡石砮出，洞庭商舶还。
秋风黄鹄阔，春雨白鸥闲。
云际青如粟，河流接海山。

这首诗情真意切，感人至深，画面感非常强：鄱阳湖中，石砮意外而出，举世惊奇；洞庭商船远道而来，满载而归。白鸥在春雨中悠闲起舞，黄鹄在秋风里比翼天高。宽广的河流连接着湖中的山峦茫然无边，天上的云际如同青色的谷粒铺展绵延，大湖是如此地广阔，就像一条天地间的游龙，惊天地，泣鬼神。文天祥思绪飞扬、一咏三叹，把吴城山一带非凡壮阔的景象描写得淋漓尽致。

相传南宋末年，文天祥招募三万江西义兵勤王，南昌（包括吴城）、九江一带有很多子弟参战。四年后，文天祥在广东五坡岭被元军俘虏。元军把文天祥锁在船上，押送着前去京城。文天祥通过绝食、服用冰片进行抗争。此时，有人暗示他，会有义军在水路上进行营救，请他来主持复国。次年六月初，押解文天祥的船只路过吴城望湖亭。附近的义士提前埋伏，他们以一波波悍不畏死的冲杀，试图靠近船舶，乘夜营救文天祥，可惜最后都被残酷镇压，义士们的热血染红了望湖亭一带的湖面。后来文天祥被元军押解到京城，三年后英勇就义。

因常年在南北征战，身为江西吉州庐陵人的文天祥多次沿赣江而下路过吴城。除《吴城山》之外，他还题写过与吴城有关的两首诗：

由剑邑过吴城

自戴南冠离粤境，凄风苦雨过吴城。
寒鸦点点仃伶影，络纬萧萧啜泣声。
夷狄兵戎摧上国，天人正气砥孤臣。
于今重饮鄱湖水，且学啼鹃带血吟。

被俘北归路过吴城

凌云披雾望湖亭，屹立赣水修河滨。
历尽沧桑罹万劫，饱经风雨度千春。

此日登亭神气爽，百代名胜载酒兵。
六朝古迹招诗客，几忘囚服束吾身。

第五节　刘伯温预卜吴城

令公庙位于吴城镇望湖亭的西南面，据说早在南唐时期就已经有了雏形。庙内奉祀的主神是唐朝安史之乱中坚守睢阳城的张巡张令公，他在吴城一直被当作灵验的水神，大家非常崇信，于是每年庙会酬神的地点都设在此地。

元末，朱元璋和陈友谅发生旷日持久的鄱阳湖水战，吴城不可避免地成为两军必争之地。相传，两军会战的前一天，朱元璋带着军师刘伯温来到了令公庙。祭拜一番后，朱元璋雄心不已，吟诗一首：“神

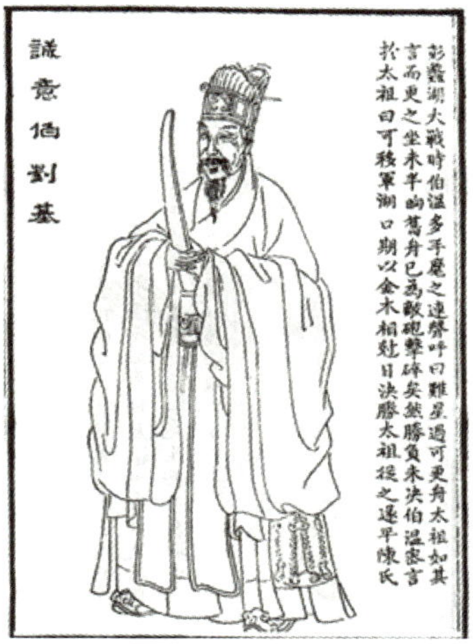

威赫赫震千峰，我亦英雄未见功。愿借阴兵三千万，来朝助我一番风。”次日，果然灵验，湖上刮起阵风助战，朱元璋大败陈友谅。当上皇帝后，朱元璋赐庙名为“忠烈灵祠”。抗日战争时期，庙宇被日军轰炸烧毁。

刘伯温在民间颇具传奇色彩。他的人生跌宕起伏，曾多次经过鄱阳湖，并写下了《寄江西黄伯善兄弟》《三洲曲》《送葛元哲归江西》《彭泽阻风》等数篇诗文。在现代诗文集中，有一首署名为刘基的《登望湖亭》诗句：

长江水褐湖水清，亭前涛击鲸鱼鸣。
山头吐云山下雨，扬澜左蠡何时平？

吴城占据鄱阳湖黄金水道的咽喉，具有得天独厚的水运条件。镇上百业兴旺，人烟稠密，人口最高峰时超过十万。每当夜幕降临，灯火万家，戏园里人头攒动，酒楼中杯觥交错，赌场上呼声错杂，香姑垅里娇声不断，整个集镇热闹异常。对此，当时吴城盛传着一首据说是刘伯温所写的谶语：

吴城两河夹一洲，此处赚钱此处丢。
白面书生无用处，红颜女子不知羞。
三百年前一集镇，三百年后一孤洲。

对于这段预言，至今无法辨明真伪。清咸丰、同治年间的广东顺德人赖学海曾考究过，他在《吴城竹枝词》中吟咏：

江南西道吴城镇，楚尾吴城一砺垂。
郁郁葱葱腾旺气，卜年三百有人知。

在注释中，赖学海说：陈友谅曾经屯兵于此。明太祖望其上有异气，以问刘诚意（刘伯温）。刘伯温说：“无他，此地当有三百年旺气耳。”

刘伯温说的固然没错，多年以后，随着水运的衰败，吴城的地位逐渐下降，尤其是日军的狂轰滥炸，让她几乎被夷为平地。但是我们看到，随着如今吴城候鸟小镇的打造，这座千年古镇青春焕发，这个

大湖方舟，正以万鸟翔集、宾客盈门的景象，迎来新的发展机遇。

第六节　解缙鄱湖悲欢事

明永乐五年（1407 年）二月，名满天下的内阁首辅大学士解缙被贬斥到偏僻苦寒的广西，担任右参议，这一年他 39 岁。

一行人乘船从南京出发，由长江入鄱阳湖，过彭泽马当。解缙带着两个外甥，一起游览了马当神祠，并题诗寄情。

不久，船只行进到了吴城，停泊在望湖亭下。解缙一行结伴下船，登上了望湖亭，又先后来到神慧庙、经堂寺、顺济龙王庙和令公庙，沿路畅游，一览风景。

傍晚时分，他们来到吴城的一家客栈外，外甥们立刻招呼店主张罗饭菜和住宿。随行的家人围坐一桌，酒菜一样样地传了上来。大家用家乡话边吃边聊，比较放松。店主人听出了他们的吉水口音，就马上自报家门，说：“小的也是吉安府人，愿意高攀贵客。”在得知解缙的身份后，店主人喜出望外，马上请来了吉安府在吴城的头面人物，大家见面后十分亲切。交谈之余，乡亲们提到了正在集资兴建一座家乡会馆——合德堂（吉安会馆的前身），希望在吴城拥有一个稳定的落脚点，让吉安府的游子们能够在这里生活、经商，相互抱团发展。看到解缙点头不已，乡亲们提出了恳请他赐字的想法。

解缙有着浓厚的家乡情结，后世传说的“蚂蚁排字，江西免粮”“皇帝莫要到峡江，胖头过江挤成鳊”的故事，就是他关怀江西、维护乡亲的生动写照。所以，这次他不仅没有拒绝，还当场愉快地为乡人题写了“理学名臣”四个大字和“居仁”“由义”四个小字，用以纪念千古忠臣、吉安府人文天祥。

题词后，解缙意犹未尽，又诗兴大发，题赠了《吴城二首》。他写道：

（一）

吴城堤上草萋萋，楼观苍茫曙色微。
一自英雄争战后，两川鸥鸟自忘机。
青山拍拍风沙满，红叶萧萧浦树稀。
遥忆故乡何处是，望湖亭下有渔矶。

（二）

扁舟系缆宿吴城，南望凄凉感旧情。
银线一弯朝殿角，金波万顷映祠庭。
地灵常睹风烟霭，水阔偏宜景物清。
来往江湖名利客，丐恩几度叩神明。

这两首诗饱含了人生的感慨叹惋，有着强烈的历史感，苍茫大地，万顷波涛，英雄故事，奔涌如潮，也体现了他内心深处的隐痛。

20 年前，也就是洪武二十年（1387 年）夏天，19 岁的他奔赴省府南昌，参加乡试获得了第一名。次年正月，他和哥哥解纶、妹夫黄金华一道，坐船经过吴城，去南京参加会试，中了第一名。主考官刘三吾考虑到他年轻，怕遭人妒忌，特意把他降为第七名。但他写的三篇策论文采飞扬，被考官传播，被众人敬仰，被皇帝赏识。在殿试时，年迈的朱元璋亲自为他磨墨，选拔他为翰林院庶吉士。短短一个月时间，他实现了“朝为田舍郎，暮登天子堂”的飞跃。

当了翰林之后，解缙天天书写诏旨、政令。才两年时间，就有人风闻上奏，说解缙经常炫耀文采，还随意帮人撰文。朱元璋为了磨砺他，让他以江西监察御史的身份回到家乡，并劝勉他，只要好好修心养性，

锤炼品格，以后可以用他为宰相。那一回，他意气风发地再次穿过鄱阳湖与吴城，并题写了《左蠡》一诗：

珠玑翠岫青如黛，左蠡风沙白似银。
一幅蒲帆秋水里，鱼龙飞舞送归人。

家乡人称他为文曲星下凡，后学纷纷罗拜门下，天天听他讲学。洪武二十七年（1394 年），他带上学生刘均、赵哲、江股等人，穿过吴城，去往庐山白鹿洞书院讲学。在八百里大湖上，他高歌自己写就的《鄱阳湖歌》，大家都惊叹不已，为他的文采所深深折服。

洪武三十一年（1398 年）农历六月，朱元璋驾崩。解缙悲痛不已，买舟奔赴南京祭拜。解缙又穿越吴城，写下了《过鄱阳湖》一诗。

接下来的几年里，解缙虽遭受同僚们的参奏、诬陷，但仍然做了很多利民之举、惠民之事，践行了他“宁做有瑕玉，不做无瑕石”的铮铮誓言。

在永乐皇帝朱棣登基后，解缙受到重用，成为内阁首辅大学士，并主编了《永乐大典》《明太祖实录》。朱棣对他说：“情为君臣，恩犹父子”。正是由于这样的信任，解缙披肝沥胆，竭忠尽智。永乐四年（1406 年）中秋，受朱棣旨意，他提笔赋诗《中秋不见月》，其恩宠到达了顶点。盛极而衰，不久他因为奏请皇帝早立太子、不要征讨越南，被皇帝发配去万里之遥的广西。

解缙只得栖栖遑遑地前往广西，路过吴城，才留下了前面提到的合德堂的题词和《吴城二首》等诗文。

此后，解缙过鄱阳湖逆流而上，在赣江上游改走旱路，穿过艰险的大庾岭。一路上，他萌发了连通江西、广东江水的想法，并数年间多次考察规划运河走向，成为今天开通赣粤大运河设想的雏形。公元 1415 年，解缙再次为人所构陷，被锦衣卫首领纪纲杀害，留下了千古遗憾。

第七节　唐伯虎三游吴城

唐伯虎，即唐寅（1470～1523 年），江苏吴县人，出生在小商人家庭，天纵英才，诗书画堪称奇绝，是明朝江南四大才子之一。他 28 岁时乡试第一，却因为第二年科场贿赂案，深受打击，心灰意冷，从此绝缘考场和官场。

据记载，唐伯虎脸相骨骼清奇，上圆下狭，眉毛微微上竖，短须发环绕着嘴部，三绺鬓发从耳际延伸到面颊底部，长年穿着绿布衫，戴着檐帽。他一生浪迹江湖，纵酒狂歌，题诗作画，书法独成一家，尤善绘画，被赞誉为“江南第一风流才子”。

唐伯虎文集里面，记载了他三次经过吴城的经历。公元 1501 年，唐伯虎云游南方数省，到了庐山、鄱阳湖等地，尽兴体验唐朝初年王

勃所描绘的“渔舟唱晚，响穷彭蠡之滨；雁阵惊寒，声断衡阳之浦”及王安石所题写的“茫茫彭蠡春无地，白浪春风湿天际”的意境。后来他故地重游，题写下《游庐山》诗，创作了《匡庐山图》。

最突出的一次是在明正德八年（1513 年）冬，野心勃勃的宁王朱宸濠到处招募人才，想把唐伯虎收入麾下。唐伯虎与谢思中、章简甫一起接受了宁王的邀请，来到南昌，并写下了《许旌阳铁柱宫记》《荷莲桥记》等文章。他多数时间云游四方，后偶然间发现了宁王有谋反的迹象，就喝酒装疯，出乖露丑。正德十年（1516 年）三月，他被宁王放回苏州，得以逃脱。三年后，宁王朱宸濠在南昌起兵造反，四十多天后在吴城望湖亭下被擒。唐伯虎以他的智慧，提前抵住了诱惑，走出了歧路。

传说，唐伯虎在吴城游历期间，为望湖亭题写了诗词，现仅存一副曾经镌刻在梁柱上的楹联。这副楹联有故事、有气势，描绘了三国时周瑜在吴城望湖亭下训练水军的场景，苏东坡题诗望湖亭的心境亦纳入其中，被人们评价为鄱阳湖名联，并流传至今：

地以人传，湖自周郎习战，苏子题词，仙吏将才，千古各成奇迹；

天留我住，放教彭蠡风帆，匡庐瀑布，水光山色，一时都入壮观。

第八节　王阳明鄱阳战捷

王守仁（1472～1529年），世称王阳明，浙江余姚人，任南京兵部尚书、都察院左都御史，被封为新建伯，是著名的思想家，陆（陆九渊）王（王阳明）心学的集大成者。

王阳明因战事多次出入鄱阳湖，并与吴城结缘。

明正德十四年（1519年）六月十四日，宁王朱宸濠在南昌起兵叛乱，派遣都指挥使、永修人吴十三、凌十一、闵廿四等带领500人从吴城丁家山万年寺出发，顺流而下，夺取船只，攻下了南康府、九江府等数十个府县。

王阳明时任南赣巡抚、提督军务、都御史，他招募伍文定、叶芳等人，凭借周边府县的支持，率军趁夜攻入南昌，平定宁王之乱。他还顺着赣江，投放数万块写着“附逆不究”的“投首牌”，分化瓦解宁王官兵的斗志。

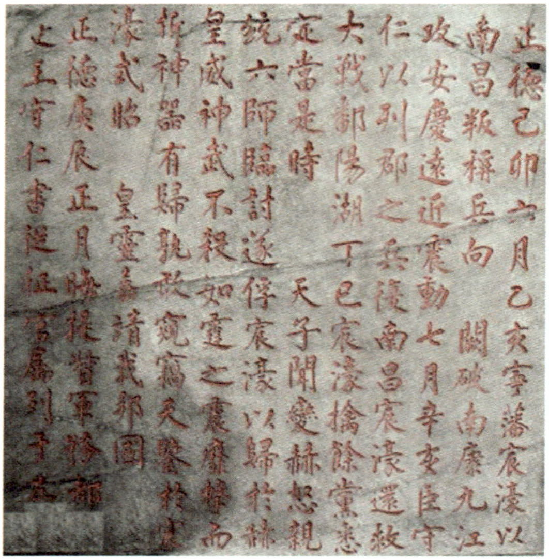

此时，宁王的指挥开始混乱，导致所部进退失据。他把受阻在安庆城下计划攻占南京的几十万部队，用大小船只混装回撤，想收复南昌，找王阳明决战。不久，宁王的船队就被王阳明率部围堵在赣江上无法前行。王阳明使用攻心战、离间计，以致宁王军心动摇，未战先败，前期战果很快就丧失殆尽。

王阳明在八字脑、黄家渡、樵舍等一带进行伏击，把宁王军击溃，后在吴城望湖亭下，将其残余剿灭。宁王慌不择路，跳上官军提前埋伏的小船，最终狼狈被擒。王阳明的再传弟子、左都御史邹元标在《望湖亭记》中描述这次战争：“烈焰蔽空，血腥江渚，湖水几赤矣。”

宁王被剿灭，王阳明立下了旷世功勋。他向朝廷报捷后，巡游了白鹿洞书院及庐山，分别赋诗、题词、刻石，又坐船来到吴城，题写了意气风发的《鄱阳战捷》一诗：

甲马秋惊鼓角风，旌旗晓拂阵云红。
勤王敢在汾淮后，恋阙真随江汉东。
群丑漫劳同吠犬，九重端合是飞龙。
涓埃未遂酬沧海，病懒先须伴赤松。

在吴城期间，王阳明得知了西庄村叶景恩家族忠烈殉国的事迹，立即向朝廷奏报。他亲自书写了“一家忠义”的牌匾，并在吴城团山岭为叶景恩等殉难者建立了昭忠、节烈二祠，让后世加以祭祀。昭忠祠一直存在数百年。

后来，为纪念乡贤王阳明，人们将他的题词“德兼教养”镶嵌在吴城浙宁会馆的大门上，直至会馆被毁。

第九节　曾国藩题联望湖亭

清咸丰三年、四年（1853 ～ 1854 年），太平军先后三次攻占吴城。

咸丰五年（1855 年）正月，在手下将领吴坤修的建议下，曾国藩率领水师来到吴城，调派彭玉麟在望湖亭下日夜操练。

咸丰六年（1856 年），曾国藩命吴坤修率彪字营突进奉新、上高、景德镇及浙江建德一带。农历十二月初一，他又专程到吴城与彭玉麟面谈，敲定水师进剿事宜，直到十八日才乘船离开。

咸丰八年（1858 年）七月，曾国藩从吴城转战浙江，此时彭玉麟已升任江西布政使。彭玉麟邀约南康府知府颜平洲、同知蔡芥云等人在望湖亭上设宴为主帅曾国藩饯行。当时，彭玉麟主持修复了被战火焚毁的望湖亭，将乾隆时期刘廷墉书写的“西昌大观”镶于牌楼之上，并把吴坤修的题联“万顷湖光浮日月，一楼山色变云烟”刻于亭中立柱，将郑板桥的“难得糊涂”刻碑嵌于亭侧。

席上，大家把酒临风，尽情畅饮。曾国藩非常高兴，诗兴大发，当场为望湖亭题

写了两副楹联。门口中间的是：

手摘飞星挂庭柱，心随归鸟入湖天。

门前两旁的是：

五夜楼船，曾上孤亭听鼓角；

一尊浊酒，重来此地看湖山。

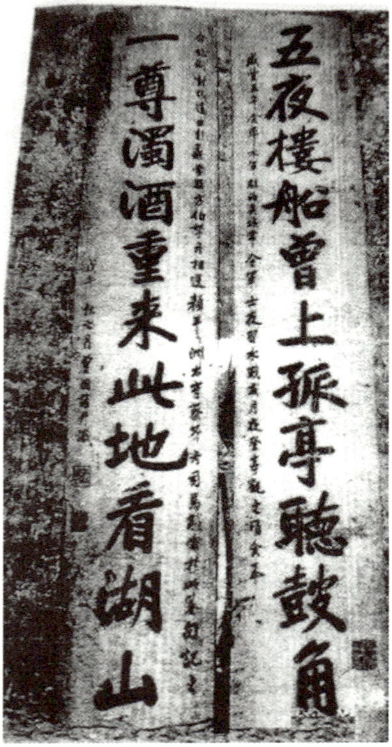

如今，两副楹联实物均已散佚，仅存门前两旁楹联的照片。

席间，曾国藩还挥毫写下了“望湖”“负暄”四个大字，气势雄浑，力透纸背。彭玉麟举杯唱和，以指作画《梅花图》，风格苍隽，惟妙惟肖。后彭玉麟令人将曾国藩的题字刻于各一平方多米的大块青石板上，嵌于亭前两侧，并命匠人将自己的指画凿于红石上，嵌于望湖亭门墙内侧。随后，彭玉麟又即席赋《梅花诗》一首，诗中写道：

望湖亭下水连天，重见河山续旧缘。
一树梅花消息断，更有何处觅逋仙。
铁砚香生万古春，梅花愈老愈精神。
横斜疏影虽依旧，梦入孤山恐未真。

席散后，看着曾国藩率部乘船浩浩荡荡远去，彭玉麟临风望湖亭，思绪再起，题楹联云：

战舰列千军，想当年小乔夫婿，破浪乘风，多少雄姿英发。今我戈船来系楫，吊古凭栏，叹几许事业兴亡，只赢得残灰劫火；

湖天开一碧，看此日大地山河，落霞孤鹜，无非活泼生机。谁家玉笛暗飞声？悲歌击筑，把那些沧桑感慨，都付与芳草斜阳。

为这次聚会，彭玉麟还专门书写了纪念碑文，刻在望湖亭侧壁之上，流传至今。

第十节　孙中山吴城演讲

公元1912年，民国元年，在推翻清王朝、结束两千年帝制的情况下，孙中山先生在南京辞去临时大总统职务，然后到全国各地考察。

这年十月，孙中山先生乘坐“西昌”号军舰来到吴城。当时负责接待的是吴城商会会长黄炳光。

当天早上8点左右，吴城镇上鼓乐齐鸣，鞭炮响个不停。在大家的欢呼簇拥下，孙中山先生下船，登上了望湖亭的台阶，来到了讲坛边。主持人向大家致意，欢迎中山先生的光临。中山先生身着西装，头戴礼帽，走上讲坛。他把帽子摘了下来，拿在手中，深情地鞠躬九十度。会场上立即沸腾起来，人群中响起了雷鸣般的掌声。等到掌声停歇，中山先生就开始演讲，没有扩音器，也没有任何其他的辅助设备。中

山先生情绪高昂，一会儿走到东边，一会儿又走到西边，滔滔不绝，一气呵成，讲了半个小时。他主要谈到了共和革命已初步成功，但前进路上还有诸多困难，号召大家务必一心一德，革故鼎新，建设国家，振兴中华。

在演讲结束后，孙中山先生没有立刻离开，而是招手把黄炳光的儿子黄亮叫到面前，抚摸着他的头，还亲切地询问："你几岁啦？"黄亮回答说："11 岁。"他接着问道："读书没有？""正在读。"听到这里，中山先生鼓励黄亮："你父亲很会演说，革命要宣传、鼓动。你要用心读书，将来为国家服务。"黄亮听了非常激动，因为此前他常听老人讲："中山先生是真龙天子，凡人无法见到。"如今自己不仅亲眼见到了，还与之亲切交谈，中山先生居然如此平易近人，让他对此铭记终身。[①]

孙中山先生离开吴城后，黄炳光在其演讲的地址上修建了一座"中山公园"，作为永久的纪念。1939 年 3 月，日军疯狂进攻吴城，中山公园受到轰炸，最终成了一片废墟。

---

① 蔡恒茂著，《话说吴城》，文化艺术出版社 2006 年 10 月版第 60 页。

第八章

故事传说

源于市井里弄，口口相传，却凝聚着劳动人民的智慧；来自街头巷尾，亦真亦假，却呈现了民间文化的精华。沉海昏起吴城、许逊斩孽龙、孙钟种瓜太史筑城、吴城小龙女……一个个跌宕起伏的故事，寓意着多少美好的故土情怀。

遇见吴城，最倾听于遇见她的心跳与传奇。

第一节　松门山的由来

吴城镇有一处江南罕见的地貌——湖中沙山，把烟波浩淼的鄱阳湖分为南北两部分，这座沙山就是松门山。又名“松吉山”，由松门、松峰和吉山组成，当地人也管它叫“蜈蚣山”。这是为什么呢？

相传在很久很久以前，江西境内没有大湖，经常不是闹干旱就是遭洪灾，百姓流离失所，农田颗粒无收，所见之处一片荒芜。

当时，赣北有一位名叫彭蠡的勇士，相貌堂堂，身材魁梧，性格豪爽，有万夫不挡之勇。百姓连年逃荒要饭、四处流浪的情景，彭蠡是看在眼里，记在心上。他立誓要在家乡挖一个大湖，蓄水泄洪，造福黎民。为了实现这个抱负，彭蠡不仅苦口婆心地说服了家人，还动员父老乡亲跟他一起挖地造湖。

这事说起来容易做起来难。就在他们动手开挖时，一件奇怪的事情发生了：明明白天挖了一丈多深，一到晚上又回填满了。一连挖了数日，工程毫无进展。彭蠡心急如焚，这是怎么回事呢？乡亲们看到这样的情形也开始心灰意冷，不少人甚至打起退堂鼓，撂下工具不干了。彭蠡心想，我既然下了决心，就不能畏葸不前，半途而废。他手上磨出了泡，脚上磨破了皮，却没有半句怨言，仍带着大家不停地挖掘。

后来细细打听才知道，是一条修炼成精的绿头蜈蚣在暗中与他们作对。这蜈蚣有着千年道行，白天潜伏在洞里，晚上出来兴妖作怪。它的洞穴被挖到后，更是变本加厉，串通白毛鼠精疯狂阻止彭蠡造湖。

彭蠡他们白天挖好的地方，一到晚上就被两只妖怪施用妖术填满。

彭蠡听说是蜈蚣精和白毛鼠精从中作梗，义愤填膺，提起宝剑前去与妖精搏斗。不料两只妖精的妖法好生厉害，它们或一前一后，或一左一右，死死缠住彭蠡厮打，不给他任何喘息的机会。久战之后，彭蠡终因势单力孤败下阵来。

彭蠡的雄心和善举，感动了天上司晨的神仙酉星官。酉星官生性耿直，专好打抱不平。他不满蜈蚣精的恶行，于是变成一只金鸡下到凡间，决心助彭蠡一臂之力，翦除蜈蚣精，为民除害。

白毛鼠精一心想阻止酉星官帮助彭蠡，又深知自己不是酉星官的对手，于是心生一计，唆使土地神上天告御状。土地神素来与白毛鼠精有私情，果真跑到玉帝面前，谎告酉星官在凡间作孽。颟顸的玉皇大帝轻信其言，不问青红皂白，立即降旨召酉星官速回天庭。酉星官无奈只得从命，临行时将两颗石蛋交给彭蠡，说四十九天后这两颗石蛋会孵化成鸡，嘱咐他到时记得带着石蛋迎战妖精。

七七四十九天将至，彭蠡按捺不住心中的怒气，怀揣两颗石蛋找到蜈蚣精和白毛鼠精。一场大战重新开始，双方刀剑相向，直杀得天昏地暗。就在彭蠡快要体力不支时，忽听怀中"喔喔喔"几声鸡鸣，瞬间，一大一小两只金鸡腾空跃起，舞动红冠彩羽，开始和妖精决一死战。这大鸡和小鸡是酉星官派来的两个儿子，奉父亲之命下到凡间帮助彭蠡降妖。狡猾的白毛鼠精见势不妙，吓得掉头就逃，这时，从庐山方向飞来一口大钟，将它紧紧罩住。这口大钟后来变成了一座山，就是至今仍雄踞于长江鄱湖之滨号称"江湖锁钥"的石钟山。

且说大鸡和小鸡各自施展招数，合力围攻蜈蚣精，双方杀得难解难分。四十多个回合后，蜈蚣精妖法不济，力不从心，渐渐没了方寸，乱了阵脚，只有招架之功，全无还手之力。忽听"咯噔"一声，蜈蚣精的鬼头刀被大鸡用双剑紧紧夹住，蜈蚣精心里又急又怕，浑身战栗，大汗淋漓。大鸡心中窃喜，双臂奋力一掀，蜈蚣精一撒手，鬼头刀咣啷落地，摔了个人仰马翻。说时迟，那时快，小鸡迅速挥起宝剑直刺蜈蚣精左眼，顿时鲜血四溅，大鸡趁势猛地一剑从蜈蚣精肚皮上刺下，

将其劈成两半，蜈蚣精惨叫一声，一命呜呼。后来民间就有“蜈蚣怕鸡”之说。

蜈蚣精战败后，彭蠡率领乡亲们继续挖地造湖，由于有仙人相助，终于大功告成。从此以后，百姓再也不受旱涝灾害之苦，连年五谷丰登。为纪念彭蠡造湖有功，人们将该湖取名为“彭蠡湖”，因湖中有座鄱阳岛，后世人又称其为“鄱阳湖”。

被劈成两截的蜈蚣精死后变成了“蜈蚣山”，也就是现在的松门山，僵卧在碧波万顷的鄱阳湖中。从吉山徐村到松门沙咀港黄村之间是蜈蚣精被斩断的部分，当地人称为“断腰”，这里水清鱼多，又叫“养老池”。惨死的蜈蚣精仰翻于鄱阳湖上，黄色肚皮朝天漂浮，化成一片沙洲。远远望去，这些沙洲金黄一片，在阳光照射下熠熠生辉。

大鸡、小鸡获胜后，担心蜈蚣精复活再来作祟，祸害百姓，于是化作“大矶山”和“小矶山”，兀立于鄱阳湖畔，时刻紧盯着蜈蚣精，永保一方安宁。

第二节　孙钟种瓜　太史筑城

当海昏县城还没有沉没的时候，吴城只不过是隔河的一簇小山丘。山丘四周有大片沙洲地，有不少瓜农在此以种瓜为业，他们不卖瓜，专门收获瓜子，此地瓜子粒大仁厚，为江南特产之一。

据说东汉末期，有吴郡富春（今浙江富阳）一位名叫孙钟的大富豪，雇了不少田农在吴城一带种瓜。每年种出来的西瓜都是又大又甜，大家都很喜欢吃他种的瓜。

孙钟有十八亩瓜地，每到瓜熟蒂落时，满地都是西瓜，看上去可壮观了。有一年，发生了一件堪称奇迹的事：十八亩瓜地里只长了一

只西瓜，而且长得特别快特别大。不久，巨型西瓜的事儿就到处传开了，四面八方的人都来看稀奇。这只西瓜成了“天下第一瓜”，大家都对它赞不绝口。一天，有三位少年闻讯赶来，向孙钟要西瓜解渴。孙钟毫不吝啬，将西瓜摘下，一半侍奉母亲，一半待客。次年，三少年又来，孙钟同样接待。三人说：因你孝感于天，玉帝命我们来指点迷津。于是，三少年叫他闭上眼睛跟着走，走百步才能睁开眼睛。结果，觉得好奇的孙钟只走了三分之一就张开了眼睛，三人说你睁得太早了，然后化作白鹤冲天而去。因为只走了三分之一，后来孙钟的孙子孙权称帝后，只赢得了三分天下。

数十年后，孙钟的长孙孙策兼并江东时，任命大将太史慈为建昌都尉。太史慈率兵来到海昏县城，以训练水兵为名，移驻到隔河一片名为吴山的小山丘上，在此筑起一座土城。

汉献帝四年（193 年），太史慈率军不断从赣江向南步步进逼，迫使豫章太守华歆撤离，豫章郡此后归属东吴管辖。不久，太史慈离开此地，移师他处。

当时，太史慈命人浇筑的土城就在吴山的牛头山到殷家山一带，其走后无人管理，土城遂毁。瓜农用它来圈宿群牛，所以当地人又称其为“牛栏梗”，城门就叫“牛栏口”。

因为太史慈在吴山上筑城，此地所以取名叫“吴城”，吴城之名由此而来。

第三节　许逊斩蛟

许逊与张道陵、葛玄、萨守坚共为道教四大天师。传说真君许逊四方云游，到处惩恶扬善。一天，他带着徒弟施岑、甘战在城中散步，迎面遇到一位英俊少年，与他们寒暄了一番便匆匆离去。许逊微微一笑，对弟子们说：“刚才那位少年是老蛟精，特地来试探我们的法力，你看他衣冠楚楚、风度翩翩，可浑身上下都是腥味。我故意装作不知道，准备端了他的老窝。”

于是，许逊沿着老蛟的气味追踪到鄱阳湖边，见英俊少年化成一头黄牛躺在沙滩上，就用纸剪了一只黑牛跟黄牛打斗，并吩咐施、甘二人一旁助战。正当两牛激烈地争斗时，施岑一剑刺中了黄牛的左臂，

黄牛变成了一条鲶鱼，跳入城南的井里。从此，黄牛躺着的那个地方就叫作黄牛洲。许逊派人去追寻，探得此蛟已逃往长沙，化为人形，住在贾玉家中。

原来，在几年前，贾玉见一美少年一表人才，便将独生女许配给他，并生下一儿一女。这个美少年就是施岑刺中的蛟精。每年春夏之

交的时候，蛟精就现出本相，泛游江湖，到了秋天满载而归，看起来俨然是一位生意人，其实他是想趁洪水泛滥之际害人谋财的。

这年秋天他空手回来，对岳丈说：“我在路上遇到强盗，所挣财物被洗劫一空，胳膊也被打成重伤。”这蛟精的伤久治不愈，是因为许逊使了道法。贾家人无奈四处求医，许逊便化作神医前往贾府。蛟精知道来者不善，不肯出来。许逊在大厅厉声骂道：“你这个害人妖精，我追到这里，岂容你再跑！”蛟精无可奈何现出原形，转身就逃。

这老蛟精一口气又从长沙逃回了江西，来到吴城一带。正逢天气炎热，老蛟是又饥又渴。看见桥边凉亭里有个老婆婆在卖凉面，他就变成了书生模样去买，一口气吃了十多碗，觉得差不多饱了。老婆婆管他要面钱，这老蛟偷偷地从地上捡起了一块大石头，吹了一口气，变成了一锭银子给老婆婆。老婆婆接过来一看，往地上一丢，结果又变回了石头。这老婆婆生气地说：“你这个畜生，竟敢用石头来冒充银子？今天你吃了我的面，交不出银子你莫想走！”说完，老婆婆冷笑一声，朝老蛟后背用力一拍，说：“你给我吐出来吧！”这蛟精顿时就觉得挖心割肺、肝肠寸断般地疼痛，“哇”的一声，吐出了一串又粗又长的铁链子来。老婆婆把脸一抹现出本相，原来是端庄大气、大慈大悲的南海观世音菩萨。这时，恰好许逊赶来，观音菩萨牵着孽龙交给了许逊说：“如今我已用铁链子锁住了他的五脏六腑，他再也没有办法逃走了，你牵他回去好生看守。”许逊谢过菩萨，将老蛟牵走了。附近的乡民为了感激观世音协助许真君擒拿孽龙蛟精，就在那座桥边建了一座观音阁。许逊把老蛟牵回南昌，听说南昌还有蛟精的余孽，于是直奔而去。蛟精们害怕，都化作人形分散逃窜各处。

一日，一只蛟精来吴城寻访许逊弟子，问：“难道没有真君不能伤害的东西吗？”徒弟开玩笑说：“冬瓜、葫芦可以幸免。”蛟精回到住处，到处传播这个消息，蛟精们听说后纷纷化成冬瓜和葫芦漂浮在湖面上，准备逃出南昌。许逊见后觉得湖面上妖气弥漫，漂满的冬瓜葫芦，知道是蛟精所变，于是役使鬼神在东牙城南井铸造铁柱，铁柱高出井外数尺，下面用八根铁锁与地脉相连。真君念下咒语：“铁柱若歪，其蛟再兴，吾当复出；铁柱若正，其蛟永镇。”从此，鄱阳湖一带蛟害绝迹。

第四节　海昏城沉没之谜

1000 多年前，吴城附近有一座名为“海昏”的县城，几乎在一夜之间沉入水下，成了一个旷古谜团。这是怎么回事呢？

相传有一天，一个看似疯疯癫癫的鹤发老人，手上举着半边盘子，在海昏县城（今吴城镇芦潭村附近）四处叫卖：“边盘啰——，边盘啰——”这天，正是端午佳节，海昏城里热闹非凡，城东湖边还搭着戏台，很多人在聚精会神地看戏。这个老人不停地大声叫唤“边盘、边盘”，吵得大家听不成戏，实在烦人。有人忍不住对老人说：“嗨！嗨！你为老不尊，明明晓得我们在这里听戏，还拿个破盘子扯喉咙做哪个，世上哪有卖半个盘子的人啰？疯疯癫癫的，一边去！”可老人依旧叫唤不停。于是，有好奇的人问：“你做哪个卖半边盘子啊？人家买去也没有用啊。”老人想提醒当地人，又怕泄露天机，只是想暗示大家，

盘者搬也。可这些人就是不明白他的意思。他只好说："衙前石狮流血时，海昏定有大劫难。"话音刚落，这个老人像一阵风一样突然消失了。一些胆小的人听说后纷纷搬离了海昏，有的就搬到近处的吴山（吴城），还有的搬到稍远一点的艾地（艾城）。

可是，有个杀猪佬偏偏不信，他暗自默神："既是石头狮子，怎么会口流鲜血呢？世上还有这等奇事！此人莫非是疯老头？"过后，他每天卖完肉就到衙门前去察看一番，一连几日，都有动静，心想：我何不趁此捉弄一下大家。于是，他趁无人，将猪血涂于石狮口中。想不到杀猪佬这一玩笑开大了，果真应验了老人的话。顷刻间，飞沙走石，天崩地裂，地动山摇，海昏县城一下子沉入鄱阳湖。人们事后才悟到，那个老人原来是神仙下凡，他叫卖"边盘"是暗示大家"边搬"，"盘"是当地方言"搬家"的意思。

还有传说，地震的头天晚上，海昏县城在演戏，戏很好看，看的人也特别多，以至乌龟精也来了，因身上很腥，它站在哪儿，哪儿的观众就赶它走。但一位老者同情它，让它到自己身边来。看了一阵，乌龟精拍了拍老人的肩膀说："老丈，别看了，马上大风大雨就要来，快回家去吧。"老人刚到家，海昏县城就消失了。

更有神奇的说法，城里的居民有天看到过海市蜃楼，是一座古城的样子，街上有叫卖声，小院有小孩哭闹声，路上有马蹄踢踏声，穿着各色古朴衣着的人近在眼前，但不久就消失了。这天，夜深人静时，就有人听见城池里人们在慌乱惨叫，房屋在吱吱地倒塌，河中的大浪剧烈地冲击着堤岸，还有人们奔走呼号的各种声音，白天看到的景象仿佛就在晚上重现了。

海昏古城的沉没民间流传了很多版本，然而从史书记载来看，在东晋和南朝期间，鄱阳湖区域先后发生过两次大地震，海昏县城正好在地震中心附近。强烈的地质沉降和抬升对湖水入江造成顶托，以致鄱阳湖的水位不断升高，最终导致海昏县城顷刻沉没，吴山拔地隆起。这一说法与"沉掉海昏县，立起吴城来"的民谣较为吻合。

故事传说也罢，历史记载也罢，映照的是海昏古城曾经的繁荣与不可逃避的湮没。如今，在古城遗址对岸，同样古老的吴城镇正在海昏后人的辛勤建设中散发出勃勃生机，海昏秀域不是美丽的传说，已是眼前壮丽的图景。

第五节　丁子轩与丁家山

吴城，初名“吴山”，由丁家山、甑箅山、狮子山、金狮岭、小九华、狗头山、樊家山、蝉丝山、螺丝山、殷家山等山丘组成，诸山一脉相连，自南向北绵延20多里。早在洪荒时代，吴山乃一条吞江巨蟒，躺卧在彭蠡之滨、赣江与修河之间。丁家山为蛇头，殷家山为蛇尾。巨蟒稍不遂意便兴风作浪，翻江倒海，使这一带水患频发，民不聊生。

后来，丁家山有个名叫丁子轩的人变成一柱钉将蛇头丁家山死死钉住，人们又在蛇尾殷家山建造一座亭子，将巨蟒稳稳压住，才保百姓安居乐业，吴城一方平安，这座亭子就是望湖亭。

丁子轩是怎么变成一柱钉将丁家山钉住的呢？这里有个古老的传说。

相传很早很早以前，丁家山只有一个丁家村，村里有几十户人家，丁子轩就住在这个村上。他家里请了十多个长工。此人贪狡刻薄，精于算计，还略懂些巫术。

有一年春插时，长工们给他家栽禾。他不放心，摇头晃脑地在田塍上踱来踱去，东看看西瞧瞧，不是嫌长工栽禾速度慢，就是怪他们禾苗栽得不整齐。可他又不明说，表面上装着若无其事的样子，背地里却在施法术。他招来许多鱼儿在田里嬉游，长工们见脚边突然冒出许多鱼儿来，哪还有心思栽禾？一时间，捉的捉，抢的抢，闹得不亦乐乎，刚刚插好的禾苗被踩得一蹋糊涂。丁子轩要大家重栽，长工们自知理亏，无话可说，只得不声不响去做。

眼看太阳就要落山了，丁子轩嫌长工们干的活儿太少，又冒出坏水，继续施法。只见他心怀鬼胎地从衣兜里掏出一面铜镜，将太阳光收聚在铜镜上，再反射到田间，使天色怎么也暗不下来。等长工们把所有的田都栽完了才让收工，此时已是深夜，长工们一个个累得腰酸背疼，精疲力尽。

丁家村前面有一条迂回曲折的小河，叫丁家河，河水清澈见底。河岸上，小草含青，杨柳吐翠，繁花似锦，一派生机勃勃。在这静谧舒适的环境里，丁子轩每天都要用竹篮挑水练功，日复一日，年复一年，从不间断。

丁家河上常年停靠着木排，排工们见丁子轩用竹篮挑水，好生奇怪，便问："你用竹篮挑水，怎么滴水不漏呢？"丁子轩听了，露出不屑的眼神，鼻子里哼了哼，阴阳怪气地说："你们知道我是什么人么？我可是大法师呀！"

一天，丁子轩像往日一样正在河边练功。突然间，一阵狂风吹过，乌云翻滚，尘土蔽天，四十九根铁钉劈头盖脸朝他袭来。丁子轩顿觉浑身酥软，眼前一片漆黑，额上直冒冷汗，身体直打哆嗦，瞬间瘫倒在地上不省人事，四十九根铁钉深深扎入他的身体里。家人听说连忙唤来长工，将丁子轩架进堂屋，抠出他嘴里的血污秽物，一口一口给他喂水。丁子轩渐渐苏醒，挥动手臂，断断续续说："今天……我遇

到高手了……体内四十九根毒钉……根根可致我于死地……如不赶紧取出……我命将休矣！”大家急忙按其吩咐，抬出尘封已久的笼屉，将其安坐在笼屉中，盖上盖，灶膛里投入竹节，燃起熊熊大火。丁子轩再三嘱咐：“一定要蒸上七七四十九天才能开盖！只有将四十九根毒钉全部蒸出，方可救我性命！”

丁子轩蜷缩在笼屉里，任凭高温蒸煮，苦苦熬过了四十八天。

到了第四十九天，一大清早，家里突然闯进一个叫花子，口口声声说要吃笼屉里的食物，拿什么好吃的东西给他也不吃。家人心急如焚，方寸大乱，说“我家主人有吩咐，笼屉万万不能打开……不能打开呀！”可任凭他们如何解释都无济于事。说时迟，那时快，叫花子不由分说，一个箭步跃上灶台，掀翻了笼屉盖。霎时，一缕青烟绕过屋顶，向空中飘去，在丁家山头“七寸地”落下。原来这叫花子不是别人，正是丁子轩所说的那位高手，他头世的冤家。

丁家山缺德事做绝了的丁子轩死了，人们将他安葬在“七寸地”，四十八根铁钉依次插在坟墓两旁。丁子轩一死，丁家村就败落了，最后只剩下一户姓丁的人家。

自那以后，吴山这条巨蟒，头被丁子轩钉住，尾被望湖亭压着，历经千百年，无论世事如何变迁，丁家山安然无恙，望湖亭稳如泰山，这户丁氏也总会有枝独苗，世代单传，后继有人。

时至今日，吴城民间仍流传着这样一首打油诗：“丁家丁子轩，有我不由天。巨蟒钉镇住，永葆万万年。”

第六节　黄庭坚梦遇小龙女

帘卷曲阑独倚，山展暮天无际。泪眼不曾晴，家在吴头楚尾。数

点雪花乱委，扑漉沙鸥惊起。诗句始成时，没入苍烟丛里。

这首《江亭怨》据说出自北宋一位不知姓名身世的女子之手，《冷斋夜话》《异闻总录》等著作言该女子就是“吴城小龙女”。这首词原题于湖北荆州江亭柱上，故由此得名，又名《荆州亭》。全词妙语横生，妙意满目，充满一种少女流落异乡的感物、伤怀、思乡的幽怨之情。

“事有凑巧，物有偶然”。吴城小龙女的江西老乡黄庭坚当年被贬荆州。黄庭坚晚年身体一直不佳，体弱多病。宋建中靖国元年初，他被召为吏部员外郎，大病新愈，辞谢不赴。同年底，知悉对自己有知遇之恩的苏东坡去世，身体更是每况愈下。

一日，黄庭坚独自登上荆州亭，见到亭柱上写有一首《江亭怨》词，便仔细地读起来，等到把全词读完，眼前浮现起流落异域、客居他乡的少女思乡远望的画面，联想自己的身世，竟与这位才情并茂的少女如此类似，也是身不由己，有家难归。黄庭坚再也控制不住自己的情感，泪流满面，凄然不已地说：“这真像是替我写的啊！”尤其是读到“泪眼不曾晴”时，不觉大为惊叹道：“只有鬼才才能写得出来的好句啊！”

当天晚上，黄庭坚就投宿在荆州亭山下的客栈里。整个晚上，他头脑中所萦绕着的仍是亭中那首哀怨缠绵的词。夜深人静时，朦胧间似乎有一位容貌美丽的少女向自己翩翩走来，对他莞尔一笑说：“我家住在豫章郡吴城山，随一艘客船来到此地，不幸被风吹落水而亡，不能回家啦！于是，我在荆州亭写下《江亭怨》，却不料得到先生的错爱和谬奖。”黄庭坚一惊，骤然翻身，醒了过来，方知乃南柯一梦。

第二天早晨，黄庭坚又来到荆州亭，把整首词一读再读，并回想梦中情景，觉得梦中所见的女子一定是民间流传的“女鬼”吴城小龙女。

这个姓名不详的“吴城小龙女”，是北宋时期一个有名的“女鬼”，也是宋史中有记载的民间传说中的神魔人物。无论这个女子是谁，在历史上是否真的存在，词作中的主人公必定是个有才情、有悲怨的美丽女子。后人感其故事，为其作词以示纪念也是极有可能的。庆幸的是，《江亭怨》这首千古绝词由于得到黄庭坚的无比赏识，得以保存至今。

第七节　望夫亭

元朝末年，农民起义烽烟四起。陈友谅与朱元璋等群雄割据，各霸一方。他们进行了长达 18 年的“鄱阳湖大战”。

陈友谅之妻娄玉贞，本是将门之后，天生丽质，聪慧过人。因父亲被奸人所害，娄玉贞沦落青楼，风尘中结识了陈友谅，在陈友谅挑起战旗时，她倾囊相助。陈友谅也对娄玉贞怜爱有加，他称王后，遂封娄玉贞为贵妃，并在水军驻地鄱阳湖畔的望湖亭西面，为娄妃修建了一座行宫，宫内辟有赏心园，娄妃常在此协助陈友谅处理军务。

一次，朱元璋利用陈友谅的好友康茂才写信给陈友谅，约他即日发兵攻打南京，说自己愿作内应。娄玉贞从小熟读兵书，谙熟战策，质疑康茂才的人品，识破了朱元璋的诡计。可是，陈友谅却不听娄妃劝阻，轻率出兵前往，后果然中计，大败而归。

为了战胜朱元璋，陈友谅四处招兵买马，日夜操练水军。娄妃亲自为他设计了一张“铁舰图”，命人按图建造了一艘艨艟战舰，船上的桨和橹全用铁皮包裹，涂以丹漆，船高三层，上有走马棚，利于水战。陈友谅见了惊喜万分，急令水师照样子打造了数百艘。

重振雄风后，陈友谅亲自率领精兵 60 万，要与朱元璋决一死战。

临行前，娄妃向陈友谅献计，说：“敌军出兵鄱阳湖，必从康郎山经过，大王可将战船隐蔽山侧，引诱敌军来攻，再将巨舰连锁为阵，顺流而下，不愁敌军不破。”陈友谅听了，觉得不无道理，但又怕失了自己的面子，支吾不语。娄妃深知丈夫恃才自傲、刚愎自用的性格，深恐有失，再三提醒。为激丈夫采纳自己的战策，二人击掌盟誓：如依计获胜，则拜娄妃为水军都督；若不能奏捷，娄妃将不再过问军国大事。

临行时，娄妃又对陈友谅说：“妾妃在望湖亭上可望百里之遥，大王若得胜凯旋，可令战船张旗扬幡，击鼓奏乐；如若败绩……”说到这里，她欲言又止，转而自信地说：“只要大王不失信于妾妃，此战必定大胜！”陈友谅点头应允。

三声炮响，大军杀出。陈友谅依娄妃计，果然大获全胜，凯旋而归。在船队快到吴城时，他突发奇想：应该给夫人一个惊喜。即传令三军偃旗息鼓，战舰散乱而行，还降下了主将船上的帅旗。要知道，军中

降帅旗意味着主将阵亡，是不祥之事，他这个玩笑可开大了。

昼夜守候在望湖亭上的娄妃，遥见战船旗倒幡落，寂静无声，以为夫君吃了败仗，性命未保。她悲痛欲绝，仰天长叹：“大王啊，你平日骄纵自负，忠言逆耳，此番定是未施我计，故而兵败……夫君既亡，妾必受贼兵羞辱，我有何颜面偷生于世……大王慢走，妾随你来也……”话音未落，便撩起衣裙，纵身跃入湖中，以身殉情。

霎时，湖面上惊涛骤起，江流奔涌，飞溅的浪花淹没了一代佳人。陈友谅追悔莫及，痛不欲生。

娄妃落水后得到神灵保佑，倒流四十里。三天后，在赣江上游的黄家渡，她的玉体被一渔民父子俩打捞出来时，仍姿色艳丽，楚楚动人。

陈友谅强忍悲痛，将爱妃厚葬于南昌府章江门外的凤凰洲，墓前用大青石刻了“江流表节”四个斗大的字。为纪念娄妃，后人把望湖亭改名为“望夫亭”，并留诗一首：

巍巍望夫亭，恍觉凝黛立。
当年友谅妇，登高望行役。
君胜反偃旗，妾恨无终极。
悄然逐波逝，化作江中石。
江流石不转，仿佛见精魄。
春花空自好，江月为谁白？
伥望江湖长太息，烟波何处吊倾国！
白芷芳馨黄菊灿，一抔之土洪都侧。

第八节　大板瓜子上金銮殿

传说元朝末年，朱元璋和陈友谅各率军队，在鄱阳湖打了多年的生死恶仗。

有一次，朱元璋战败，所部溃散。他收拾残部，乘着五六条船，漂泊到鄱阳湖中的松门山，连续好几天无法和主力部队联系上。船上能吃的东西都吃光了，湖滩洲头能挖的野菜也挖光了，饥饿、伤病严重威胁着这群残兵败将。望着茫茫湖面，朱元璋心里真有说不出的伤感。他想，我自投奔红巾军以来，大大小小的仗打了无数次，从来都是胜多败少，想不到这次却败得如此惨烈，以致于漂泊荒洲，难道是天要灭我吗？朱元璋面朝青天，心中祷告：求苍天保佑我渡过难关，待我打下江山之后，定要杀猪宰羊祭祀上天。

说来真巧，刚刚祷告完毕，就见风向骤转，南风阵阵，湖水起伏。不一会儿，只见湖面上有一层圆滚滚的绿东西，直向岸边漂浮而来。朱元璋觉得奇怪，仔细一看，原来是一个个圆溜溜的西瓜，就赶紧令士兵打捞起来，一点数，共有四十九个，逃亡将士刚好一人一个。看来真是老天相助，为我送来了吃的。朱元璋大喜，命大家朝南跪拜，感谢苍天。随后，大家坐在沙滩上狼吞虎咽地吃了起来。就这样，湖面上天天都有西瓜漂来，一天三次，每次都是四十九个。朱元璋残部以西瓜充饥，倒也十分满意。

三天后的一个早晨，大将徐达领着一队战船来到松门山。他一见朱元璋，连忙跪倒在地："主公受惊了，让我们找得好苦哇！昨天刘军师夜观天象，说主公在吴城松门一带遭遇险境，故派我连夜开船，赶到这里，请主公上船吧！"朱元璋仰天朗声一笑："天不灭我也！谢神灵相助！"说完，又走到头天吃西瓜的地方，捧起散落在地上的瓜子说："多亏西瓜救了我等性命，西瓜啊西瓜，恩重难忘！你要在此广生根，多结果，日后我若做了皇帝，汝等再进京城和我相会。"

后来，朱元璋真的做了皇帝。明洪武二年（1369 年）的一天，朱元璋坐朝，忽然想起当年大战鄱阳湖时西瓜救命的往事，便传旨选送一批吴城西瓜进京。当地官吏不敢怠慢，挑了一船，连同几袋炒熟的瓜子一并连夜扬帆赶路，不几日便到了南京。朱元璋坐在金銮殿上，对文武百官高兴地说："今天朕请大家尝一尝吴城西瓜，这西瓜味道特别好。"说完，赶紧命太监切开西瓜分给众官员品尝。

文武百官尝了后，个个扫兴，感到这体形不大的西瓜，味道并不好，清淡中带着酸味。朱元璋吃了一口，也连忙吐了出来，他责问吴城官吏："这送来的是什么瓜？怎么没有我当年吃的瓜味甜呢？"

这时，刘伯温在一旁说："陛下息怒！当年主公乃饥饿之腹，饥不择食，何以顾及瓜甜瓜酸。如今皇上御膳都是山珍海味，便觉瓜味变了。"朱元璋听后点头称是，自觉惭愧。

吴城官吏慌忙回复："启禀皇上，这吴城西瓜是打籽瓜，当地百姓把这瓜的籽取出来晒干，炒着吃，那味道才美呢！"

朱元璋当即命吴城官吏献上熟瓜子，再赐给文武百官品尝。满朝官员尝过以后，果然交口称赞，都说这瓜子粒大、肉厚、味香，是瓜子中的珍品。朱元璋更是欣喜异常，当即把这种大板瓜子列为贡品，要吴城年年进贡。

打这以后，吴城大板瓜子的名声便誉满京城。各地商贩也纷纷前来采购，求者众多，往往供不应求。自此，打籽瓜便成为吴城的一种传统经济作物。

第九节　吴城战事

吴城因其得天独厚的地理位置，为历代兵家必争之地。历史上在吴城一带发生过较重要的战斗有好几起：

元至正二十七年（1367年），朱元璋和陈友谅发动了鄱湖大战。陈友谅亲率60万水军围攻南昌府。当年八月十五，朱元璋率领舟师从吴城松门山出发前往援救，陈友谅急忙撤出部分围城兵力堵截。两支队伍在鄱阳湖的康郎山进行了一场激烈的遭遇战。陈友谅大败，欲突围逃往九江，朱元璋领大军在都昌老爷庙一带堵死了陈友谅的退路。陈友谅则屯兵于吴城北面的渚溪，两军对垒，再次展开激战，陈友谅被流矢射死。

明正德十四年（1519年），宁王朱宸濠在南昌谋叛称帝。南赣巡抚王阳明一举击败了朱宸濠的主力。随后，王阳明带兵乘胜出击，继

续攻打朱宸濠设在吴城的据点。朱宸濠在四次战斗后惨败被擒，余部随后被全部清剿，从此宁王封号被废除。

清代，太平军曾三次进入吴城：1853 年农历五月，太平军首领胡以晃、赖汉英率战船千艘、步兵两万多人，由天京（南京）出发西征，半个月后由鄱阳湖攻占吴城；次年农历七月，太平军部分人马由都昌进入吴城外围，八月大败清军，进驻吴城；当年十月，太平军首领石祯祥、韦俊率兵西上武昌，其中一支部队在田家镇激战失利，退入吴城。

1855 年，清军首领曾国藩率部进驻吴城，在望湖亭下日夜练兵，并在此增设江防水师。

1913 年，李烈钧在湖口宣布发动“二次革命”，成立了讨袁军，吴城镇是讨袁军的重要据点之一。袁世凯派李纯统兵进入江西，李烈钧率部退驻吴城，师长方声涛指挥作战，令炮兵营长刘凌扼守望湖亭。尔后，袁军的陆、海部队攻打湖口，并向吴城进攻。袁军李纯等部先派民船一艘，船上数十人伪装成难民，一步步驶近吴城。伪装的难民跪在船首做哀求状，李部守军刘凌被其所迷惑，一直没有发炮攻击。等到李纯军队的伪装船靠近了望湖亭，“难民”立刻变为先头部队，全部登陆袭击，守军抵挡不住，一步步溃败，导致吴城镇失守。

1926 年 9 月，国民革命军挥师北伐。11 月初，第一军、第六军、第七军合力发动南浔线战役。见北洋军向吴城方向溃退，第一军先遣追击队和第六军十七、十九两个师立即尾随追击。第一军第一师第五团追击至溪口（丁家山南）附近，正遇渡河之残敌，激战一小时，北洋军除溺毙外，皆缴枪投降。第七军第七旅胡宗锋部沿河岸追击北洋军岳思寅部，并将之全歼。此役，北伐军共缴获机枪 3 挺、步枪 500 余支、俘敌 500 余名，并于同日占领吴城镇，吴城之役遂获全胜。

1938 年 10 月，日本侵略军攻占德安后，以德安为据点，集结兵力，迫近修河，企图进攻南昌。11 月，国民党薛岳兵团沿修河南岸布防在吴城至箬溪一线，抗击日军 3 个多师团的进攻，展开了修河保卫战。1939 年 3 月 17 日，日军第一〇六师团以舰艇百余艘、陆战队员数百名、飞机数十架作掩护，向吴城镇进攻。中国守军唐永良一四一师一个团和预备五师一个营奋力阻击，在吴城与日寇激战三天三夜，打退了日军陆、海、空的大规模进攻。3 月 23 日，日军从三面进攻吴城镇，日舰驶入饶河口，用大炮猛轰，用飞机滥炸，扔下大量燃烧弹、毒菌弹。镇上大火连续烧了三天三夜，街坊民屋损失殆尽，最后仅剩下荷兰天主堂附近 10% 的房屋（教堂受国际法保护，其建筑和躲避其中的数千吴城居民得以幸免）。激战后，日军由望湖亭左侧突破阵地，彼时因南浔线上的重要据点失守，吴城失去战略意义，守军奉命撤离。当天，日军第一〇六师团攻入古镇，吴城陷落。日军占领吴城后，实行了烧光、杀光、抢光的“三光”政策。一座举世闻名的古镇惨遭荼毒，到处焦土瓦砾，一片哀号。

第十节　才女章亚若

章亚若（1913 ～ 1942 年），出生于吴城镇章家驳岸。其父亲章贡涛 15 岁参加乡、县科举考试，连中小三元，为当地清末最后一科秀才，曾就读于北京政法大学，民国初年任过江西遂川县长。母亲周锦华是吴城一鱼行老板的女儿。

在父母的熏陶下，章亚若从小勤奋好学，聪慧过人，不但文学与

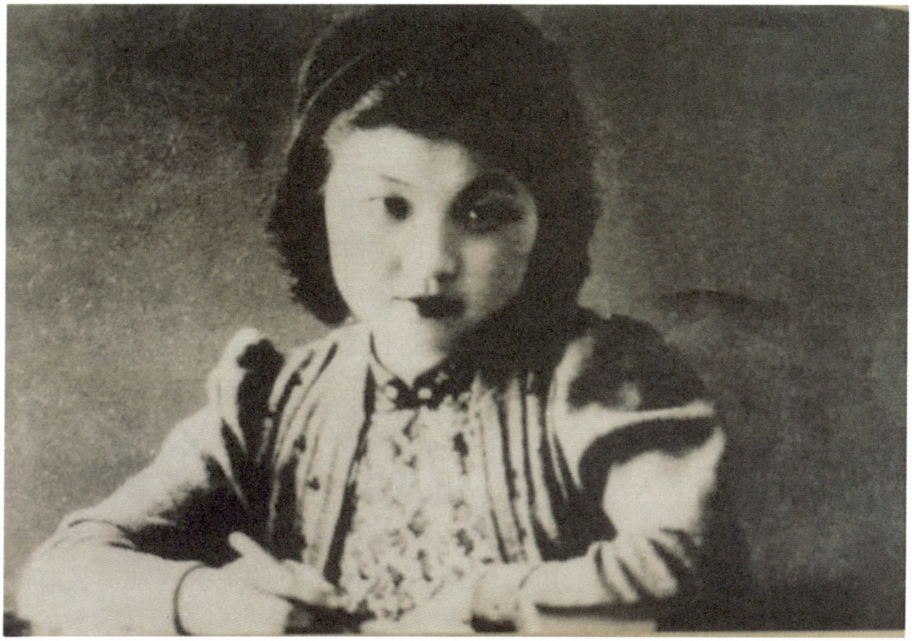

书法超群，而且女红针线、文艺活动也出类拔萃。在南昌教会中学读书时，她被师生称为文艺天才。

章亚若16岁由父母包办结婚。虽然夫妇俩才貌相当，但因不甘居小镇当少奶奶，加上8年婚姻离多聚少，24岁芳龄的章亚若终于用一封婉转的书信，毅然与丈夫诀别，解脱相互羁绊，争得人身自由。

1939年3月，因日军进犯，吴城、南昌相继沦陷。此时，章亚若父亲患病在庐山疗养，26岁的章亚若挑起全家逃难的重担，携带母亲、弟妹、子侄辗转到了赣州。为了生活，章亚若与有志青年男女集体到赣州专员公署请愿，要求抗日救国，关心民生，并直接致信给蒋介石的大公子、时任江西第四行政区督导专员兼保安司令的蒋经国。章亚若的勇敢和真诚打动了这位30岁的铁血男儿。那段时间，天资聪颖、对事业执着的章亚若积极投身抗日救亡活动，写文章，发传单，宣传鼓动民众抗日。日军轰炸赣州时，她冒险抢救伤员、抬担架，为伤员包扎伤口。她事事争先，胆大心细，深得蒋经国赏识，被调进专员公署任文书，后任蒋经国的私人秘书。这样，章亚若就有机会在生活上照料、陪伴“寂寞”的蒋公子。久而久之，两人产生恋情，蒋视她为红颜知己。章亚若这位才貌出众、追求女性独立、性格热情奔放的女子，成了蒋经国的秘密夫人。

次年，蒋经国去奉化溪口探母，坦言他与章亚若的真情，得到生母毛夫人恩准和物品的赏赐，准备选择时机纳章亚若为生母所赐的“中国夫人”。而章亚若深知自己不是闺秀，且为人母，事已至此，只得暂时与蒋经国保持私情。

1941 年秋，章亚若身怀六甲。蒋经国怕闹出绯闻，经过一番筹划，派人送章亚若前往桂林待产。1942 年 4 月 17 日（农历三月初三），章亚若在医院为蒋经国生下一对双胞胎男儿（孝严、孝慈）。可是，沉浸在喜悦中的章亚若等来的是一个令人窒息的消息。蒋经国到重庆述职，把与章亚若生了两个儿子的事禀报父亲，岂知蒋介石权衡利弊得失（蒋经国已有妻室，且为苏俄人），立即做出如下决断：“母子二者之间，只留其一。”当得知这一“旨意”后，章亚若既惊愕又坦然，她无力违抗。俗话说“虎毒不食子”，怎能舍子取生，枉为人母。章亚若想，既然情断义绝，无法挽回，便把孩子交老母抚育，让他们隐姓埋名，远离是非险境，并拜托各位故旧知交看在往日情份上，多加关照。言毕，喝下一杯毒酒，翌日在医院含恨而终，年仅 29 岁。①

对章亚若的死因有各种说法，至今没有定论。她传奇而短暂的一生，令人扼腕叹息。不管蒋经国与她是真爱，还是浪漫，她的结局竟是令人如此伤感，却又无法言表。

2012 年 9 月 23 日，丹桂飘香的季节，年届古稀的蒋孝严以中国国民党副主席的身份，来赣出席“赣台（南昌）经贸合作研讨会”后，驱车前来吴城寻根问祖。他寻访了吴城的麻石老街和母亲章亚若曾经生活过的地方，游览、凭吊了吴城名胜望湖亭和中山公园遗址，并应邀题写了“寻根深源人之本也”八个遒劲大字，也算是对生得艰辛、死得痛苦的母亲在天之灵的一种安慰。

---

① 蔡恒茂著，《话说吴城》，文化艺术出版社 2006 年 10 月版第 66 页。

第九章

地方名菜

靠山吃山，靠水吃水。吴城的美味菜肴取材于当地丰富的生态资源，鄱阳湖里的鱼虾、草洲上的藜蒿、沙地里的藠头、浅水中的蒿笋……借助于五湖四海客商带来的烹调技术，烩制出一道道风味各异的美食，让人回味无穷。

遇见吴城，最享受于遇见她的佳肴及烹技。

第一节　藜蒿炒腊肉

一、食材

藜蒿、腊肉、韭菜、精盐、小米椒、大蒜籽、生姜等。

二、做法

1. 藜蒿摘叶去老根后，掐成小段。

2. 腊肉用热水焯掉咸味及杂质。

3. 腊肉切薄片，大蒜籽切末，小米椒切段，生姜切片，韭菜切成小段备用。

4. 大火烧热锅，将腊肉片入锅，煸炒出油。

5. 放入蒜末、辣椒段及姜片翻炒，至肉片成熟，加入藜蒿、韭菜，继续翻炒。

6. 加少许食盐、酱油，即可出锅。

三、典故

元朝末年，朱元璋与陈友谅为争夺天下，在鄱阳湖鏖战十八载。一年春天，朱元璋部被陈友谅的水军围困于康山草洲，半个月过去，船上所携带的菜全吃光了。朱元璋数天未食蔬菜，食欲大减，人也日渐消瘦。伙头军着急之际，忽然发现草洲上生长着一种碧绿的野草，便随手扯了一根嫩茎咀嚼了一下，立时觉得清脆爽口，满口生香。伙头军灵机一动，采摘了许多野草，去其叶，择其茎，与军中仅剩的一块腊肉皮同炒。当这道香飘四溢的野蔬端上桌后，朱元璋食欲大振，吃后连声叫好。后来将士们士气旺盛，一举挫败了陈友谅部。朱元璋大喜，遂赐名此菜为“藜蒿炒腊肉”。后来，吴城民间留下了“新雨刮绿出，满洲比梗粗。入口香嫩脆，风味冠春蔬”的歌谣。

第二节　鳜鱼煮粉

一、食材

鳜鱼、米粉、生姜、小葱、小米椒、大蒜籽、猪油、精盐、醋等。

二、做法

1. 鳜鱼去鳞去脏器洗净备用，一斤以上的需打花刀。

2. 生姜、大蒜籽切片，小葱切成葱花，小米椒切段备用。

3. 鳜鱼下六成热油锅，煎至两面金黄后用小火。

4. 放姜片、小米椒和醋，小火煸出香味。

5. 用装鱼的盆盛八分水入锅，大火上盖；放猪油，转中火。

6. 至汤色奶白后，加盐、蒜片和米粉。

7. 煮至米粉无硬心后出锅，撒上葱花即可。

三、典故

相传晋太康元年（280 年）修建望湖亭时，一天，亭前来了一位精神矍铄的老者，对着快要竣工的望湖亭眯缝着眼，前后左右仔细打量了好一会儿后，对工匠们说：“这亭盖得挺美，就是对着湖的那扇

窗户的横架不正，影响了整座亭的美观，如能改改就更好。”工匠们说：“亭都快建好了，再返工谈何容易！”老人说：“盖亭不仅要现在看着美，还要让子孙后代来评说呢！”工匠们犯难地说：“您说能改，那您改给我们看看！”

老人不再言语，径自找来根木料，用目光测好了窗架的位置及尺寸，拿起锯、刨、斧便干了起来。只见他手下的刨花飞到亭下，掉进湖中，在阳光照耀下，立刻变成了白花花的鱼群。盖楼的工匠们发现鱼群，呼唤着纷纷下水捞鱼。等他们回到岸边，抬头一看，一个新的窗架严丝合缝、平平正正地嵌在亭中央，亭身显得更加恢宏大气。回头再去寻找老人，已不知去向。大伙想起刚才他的指点，议论纷纷：莫不是鲁班祖师亲自来指点了？于是他们把捞回的鱼放入一些米粉，煮熟后，对湖遥祭，因为大家都认为鱼是鲁班师傅点化的，有贵人相助，所以叫贵鱼（鳜鱼）。后人将这道菜叫“鳜鱼煮粉”。

第三节　河水煮河鱼

一、食材

野生河鱼（以鲫鱼、青鳙、鲩鱼为上品）、小米椒、生姜、小葱、油盐等。

二、做法

1. 以鲫鱼为例，剔鳞抠鳃，破肚取肠洗净。小米椒、生姜切好备用。

2. 大火将油烧热，下姜片，放少许盐（防止粘锅），爆出香味后下鱼。鱼煎至金黄色即可。

3. 加入河水没过鱼，盖锅烧煮。

4. 煮开后放小米椒，再盖锅煮至汤白后下盐，煮至水剩一半后改中火。

5. 出锅装盆，撒上葱花即可。

三、典故

“河水煮河鱼”，亦有“活水煮活鱼”之说。相传在宋代，吴城镇上丁员外有一个女儿出嫁。按照当地的风俗，新娘新婚第一天要亲自下厨招待亲朋好友。丁员外的女儿从小娇生惯养，哪懂得下厨之事，

但祖传下来的规矩还得遵守，无奈之下，只得将刚从河里打捞上来的一整条鱼洗净后放入锅内，舀上几瓢河水，盖上锅盖用大火烧煮。正值锅中沸腾时，见灶前柴火不多，只得改小火煮。慢慢地，厨房内蒸气氤氲、清香扑鼻。煮好后，新娘忐忑不安地将鱼端上了桌，亲友们见鱼的汤汁洁白净亮，透过表层冷却的乳液，鱼儿似乎是盖着薄如蝉翅般透明的白纱，酣睡于锅内。大家按捺不住食欲，纷纷夹起筷子品尝起来，边吃边连连点头，交口称赞。从此，这道菜就成了吴城的一道名菜，新出嫁的姑娘纷纷效仿。

第四节　扣　鸡

一、食材

土鸡、香菇、料酒、生姜、精盐、八角、桂皮、白芝麻、香菜等。

二、做法

1. 土鸡洗净，入汤锅煮熟取出，晾凉备用。

2. 取熟鸡脯肉，带皮切成方形块。

3. 香菇洗净切片备用。

4. 把鸡肉块有皮的一边贴着碗壁摆齐，将香菇放在鸡肉上，放八角、桂皮，入蒸锅内蒸 20 分钟。

5. 取一个盘子盖在碗上，把蒸好的鸡肉快速翻转扣于盘中，撒上白芝麻、香菜即成。

三、典故

扣鸡是吴城一道有名的传统佳肴，当地的红白喜事都少不了这道菜。说起这道菜，在当地还流传着一个故事，与民族英雄文天祥有关。

南宋末年，文天祥丞相抗元被俘后，被押往京城。路过吴城时，当地百姓闻讯纷纷赶来送行。这天，一位

70多岁的老婆婆手拄拐杖，提着竹篮，篮内装着一只鸡，正要去集市卖，听说文丞相此去肯定会凶多吉少，心里很难过，便决定不卖了，想用这只鸡来祭天，为文丞相祈愿。于是，老婆婆回家后，和儿媳妇将鸡宰杀了，切成块，把鸡块摆在碗内放入蒸笼里蒸，然后把蒸好鸡肉的碗翻转扣于盘中。二人哭着将这道菜端到望湖亭边，双手合十，希望苍天保佑文丞相渡过难关。

后来，吴城民间的祭祀都必做这道菜，进而发展到成为传统节日、红白喜事餐桌上的必备菜肴，一直流传至今。

第五节　白舌子炖萝卜

一、食材

白舌子、白萝卜、生姜、小葱、油盐、生抽等。

二、做法

1. 白舌子去壳、洗净、拍散、焯水。

2. 白舌子切成条，萝卜切成片，备用。

3. 热锅下油，放白舌子、萝卜、生姜烧炒，放水煮熟。

4. 放生抽、葱花，起锅。

三、典故

传说很久以前，古镇吴城住着一户十分贫困的渔民，夫妻俩到四十多岁才生育一对双胞胎女儿，渔夫全靠租财主家的渔船来谋生，每天要交20斤鱼作为船租。女儿长到18岁，渔夫也老了，但为了生计，还要下湖捕鱼。

一天，老渔夫照常摇着渔船去捕鱼，竟然一条鱼也没有捕到。正当老人伤心得要哭的时候，一只湖蟹游到船身边，得知情况后帮助了

老人。为了报答湖蟹的恩情，老人决定把一个女儿许配给它。姐姐嫌湖蟹长得丑，拒绝了。心地善良的妹妹为了不让父亲失望，挺身而出嫁给了湖蟹。哪知湖蟹摇身一变，变成了一个英俊的小伙子，原来湖蟹是小龙王变的，小龙王和妹妹过上了美满幸福的生活。

几个月过去了，姐姐见妹妹穿的是绫罗绸缎，戴的是珍珠翡翠，很是嫉妒，于是产生了杀妹夺夫的念头。一天，姐姐假惺惺地邀妹妹到鄱阳湖里划船玩，趁妹妹不注意，一把将她推下水淹死了。

因为她们是双胞胎姐妹，容貌长相一模一样，姐姐穿着妹妹的衣服回到龙宫，但被小龙王当场识破。这时她如梦初醒，悔恨交加，羞于做人，纵身跳入了湖中，顿时化成一种怪怪的裸身水物。它捡起水底两块薄薄的石片来遮身护体，久而久之，就变成了一种像镰刀形细长的蚌壳，平时躲在水中的泥缝里或湖里的水洞中。鄱阳湖的人就把这种蚌壳叫“白舌子”（学名为“橄榄蛏蚌”）。人们对她害死妹妹心怀憎恨，常常打捞出湖，扒出肉质，用木棒久捶后，或烧炒或炖汤作为菜肴，味道特别鲜美可口，后来成了吴城一道颇具特色的名菜。

第六节　水蒿笋炒肉

一、食材

水蒿笋、猪肉、红辣椒、油盐、生抽等。

二、做法

1. 水蒿笋掐成段，肉切丝，辣椒切碎。

2. 下油，放红辣椒爆香，放肉丝翻炒。

3. 放水蒿笋炒匀，加调料入味、提色。

4. 放少许水，炒熟出锅。

三、典故

相传很早很早以前，吴城有一个孝子名叫叶春，母亲已患病一年多，脾胃不开，食欲不振。这一天，老人家对儿子说："儿呀，我想尝一尝笋的味道，你弄得到吗？"为了让母亲病情好转，儿子就满口答应了。

可是那个时候，周围的竹笋早就被人全挖光了，想得到笋，真比大海捞针还难呢！叶春跑到竹林里，一连找了三天三夜，都找不到笋的影子。于是，他跑到塘边大哭了起来。观音菩萨被叶春的孝心所感动，就在塘里撒了一把种子，只见塘边很快就长出了像竹笋样的草来。叶春赶忙下水，扯了一些回家，剥了皮，加盐煮熟后给母亲吃，没想到母亲的病居然好了。

说来凑巧，叶春家的邻居有个秀才名叫范立，他的父亲也久病卧床不起。一天，范立过来向叶春请教母亲的病是如何治好的，叶春如实告诉了他。第二天，范立就跑到湖边，也扯了些这种水草回家，按照叶春教的方法做好给父亲吃，父亲吃后果然病也好了。

因为形态与笋相似，吴城人把这种水草叫水蒿笋，后人把这道菜进行了加工改良，就成了一道当地名菜"水蒿笋炒肉"。这道菜具有肉嫩质脆、味鲜可口的特点。

第七节　线藠头炒腊肉

一、食材

吴城线藠头、腊肉、豆豉、生姜、大蒜籽、小米椒、白糖、生抽等。

二、做法

1. 藠头洗净，腊肉切片。

2. 倒油烧热，放腊肉爆炒。

3. 放豆豉爆香。

4. 放藠头、小米椒炒熟。

5. 加调味炒匀即可。

三、典故

传说古时候有个叫薤白的人在京城做了大官，因积劳成疾请太医诊治。太医把脉后，说："你的病属胸痹，已到后期了。"他心有不甘，求太医救他。太医说："你最好归隐山林，不问世事，病已至此，也只有如许了。"

为了保命，薤白来到吴城丁家山万年寺，请求剃发为僧。寺里的老和尚问："施主何故来寒寺出家啊？"薤白表明来意之后，老和尚又说道："施主大可不必急于出家，若不嫌寒寺清苦，我能治好你的病。"于是，薤白就在寺里住了下来。

依老和尚指点，薤白隔三岔五地去数十里外的松门山，挖一种与当地"小蒜"相类似的植物，掺米面做饭吃。一段时间后，他觉得四肢有力，病情好转。如是几个月下来，薤白身体康复了。他告别老和尚，回京找朝中太医复诊。

太医一见薤白健健康康地回来了，非常惊奇。薤白笑着向太医叙

述他在吴城的经历。太医听后说:“你此去修养，身安心静，加之有与‘小蒜’相似食物的调理，才得以康复。我想这东西定是通胸阳之佳品。”

于是，太医将此物以“薤白”为名，载入药书，以供医用。吴城人称“薤白”为“线藠头”，常把它与腊肉同炒，渐渐地，“线藠头炒腊肉”成了一道地方名菜。

第八节　薯粉丸子

一、食材

薯粉、红嘴芋头或毛芋头、瘦肉、生抽、香醋等。

二、做法

1. 芋头洗净、煮熟、去皮，冷却后捏成糊。
2. 薯粉用少许水化成粘稠状。
3. 肉切成丁，放油将肉丁炒熟。
4. 将肉丁、芋头糊、薯粉伴调料，做成丸子。
5. 把丸子摆盘入蒸锅蒸熟，撒上葱花即可。

三、典故

从前，吴城来了一个女妖精，盘踞在松门山。她不仅每天要几个少女为她梳妆打扮，而且每年还要老百姓送一个童男给她补养身体。因为这个妖精法力无边，人们敢怒不敢言，只好按照她的命令去办。

有一年，妖精又要吃童男了，这次轮到了一个叫来喜的小男孩，家人非常着急害怕，想把他藏起来，可又怕触怒了妖精而引来更大的灾难。这天，来喜一家正在吃饭，爸爸一时心里烦躁，一拳下去就把一个刚剥好的熟芋头砸烂了。妈妈灵机一动，把砸烂的芋头趁热捣碎，拌上一些薯粉、肉丁，做成了一个大肉包。

第二天，爸爸把来喜刚藏好，忽然天空一阵昏暗，妖精来了，并大声喊叫："把来喜交出来，快点！"妈妈陪着笑脸说："大王，先请进屋里坐。"随后，妈妈端出一个热气腾腾的大芋包，说："大王，我怕你吃来喜费力，就把他剁碎包在了包子里，请大王品尝。"而妖精早已垂涎三尺，一把抓过包子吃得津津有味，一边吃一边说："再做些来！"妈妈故作为难地说："我们家已经没有孩子了。""没有就用猪肉代替。""大王，您要我做可以，不过您要答应我，以后不要再吃孩子了。"没想到这个可怕的妖精竟然答应了。后来，人们都学习来喜妈妈的做法，用芋包代替小男孩给妖精吃。后来妖精走了，这道菜传了下来，就是如今的薯粉丸子。

薯粉丸子在吴城是一道家常菜，当地人读"丸"为"圆"，寓意"团圆""圆满"。

第九节 黄花炒线粉

一、食材

干黄花、线粉、鸡汤、肉末、小米椒、香葱、猪油、生抽、十三香等。

二、做法

1. 干黄花、线粉分别用水漂开。

2. 鸡汤烧开，放适量猪油，加干黄花，放小米椒等调味。

3. 放入线粉翻炒，加火收汁。

4. 起锅后，撒上葱花。

三、典故

相传在明朝天启年间，吴城有一位商人，中年秃顶，一直为掉头发而烦恼。于是，他来到望湖亭边的神慧庙烧香祈愿。老和尚知道他的心思后，带着他来到庙前的一堆石头前，指着石缝里的草说："这是一种神草，它年年开黄花，自开自败，从不结果实。你将它采下，晒干后来吃，必有奇效。"于是，商人小心翼翼地摘下了这些黄花，晾干后加上线粉炒制成一道菜，吃完后神清气爽。说来也怪，第二天他摸摸秃头，竟然长出了半寸长的头发来，而且自感那核桃脸上也突然光滑了许多。

于是，这道吃了既长头发又美颜的菜就在民间流传开来，被人取名为"黄花炒线粉"。

第十节　虾米汤

一、食材

小虾米、薯粉、肉末、榨菜、花生米碎末、鸡肝碎、麻油、生抽、老抽、香醋、辣椒粉、香菜等。

二、做法

1. 水烧开，放小虾米、肉沫、鸡肝碎和调料。

2. 煮开后，放薯粉、榨菜、花生米碎沫等。

3. 起锅后淋麻油，撒上香菜、葱花。

三、典故

过去有这么个故事。一天中午，一个叫李大的船夫在鄱阳湖边捞虾。正当他捞得很起劲的时候，从南边过来一位年轻公子，带着两个随从。此人头戴蓝色相公帽，身穿蓝缎衣，足蹬黑装快靴，骑着一匹枣红马，他就是乔装打扮来吴城暗中侦察军情的朱元璋军师刘伯温。李大见公子下马后手拉马缰，慢慢沿岸边踏踏而过，无精打采，一身疲倦，连忙放下捕具，问："公子从何来，往哪去？"刘伯温回答后，李大又说："这路途遥远，公子若不嫌弃，就在我这小船上吃了中饭再走吧。"

听到李大这话，又饥又渴的刘伯温赶紧抱拳行礼，说："那就有劳船家了，多谢！多谢！"李大于是就地取材，抓了一把刚捕上来的新鲜河虾，把仅有的一点红薯粉放在里面，没想到做出来的汤味道特别鲜美，刘伯温一连喝了好几碗，还给这道菜取名为"虾米汤"。吃完饭，刘伯温道谢后继续赶路。

刘伯温随朱元璋进京为官后，仍对当年喝过的虾米汤念念不忘。府里的厨子做了很多次都没做出他当年喝过的味道。于是，刘伯温派人找到了当年的李大，吃完他做的汤之后，心中感慨万分，希望李大留在府中生活，却遭婉言谢绝。无奈之下，刘伯温只好赏赐了他一些钱财，支持他在家乡开了一家虾米汤店安家度日。

第十章

特色小吃

儿时的记忆是最浓烈的乡愁，浸润在舌尖上的味道永远无法抹去。无论身处高堂，还是人在江湖，忘不了的是家乡的特产小吃。吴城的味道不只是外脆内软的油香、壳薄肉厚的瓜子……更让人不能释怀的是它们有趣的由来。

遇见吴城，最难忘于遇见她的美味和乡愁。

第一节　油　香

话说旧时吴城镇上的五凤楼茶铺里有一个嘴馋的白案学徒，一天下午，他趁着师傅在前台有事，就偷偷舀了一碗精面粉，倒入一些菜油，放到锅里炒熟，再掺上一点水，揉成面团，正要接着做下面的事，突然听见师傅走来的脚步声，于是慌忙将面团藏了起来，直到打烊也没有机会做出来吃。他心想，反正明天早上自己要揉面团的，肯定要比师傅早到，到时提前来做。

第二天大清早，徒弟拿出头天做好的面团，随手裹上白糖和黑芝麻粉，用手捏着做了几个巴掌心大小的长形面团，放入油锅里炸熟。当他拿起一个刚送进嘴里，就听见师傅进门的声音，吓得急忙咬了一口，由于用力过猛，里面灼热的芝麻糖汁溢了满嘴，烫得赶忙吐在地上。师傅进来后和他说话也不回答，只见满嘴水泡。师傅想上前看个究竟，不料踩在他刚吐出的热面团上滑了一跤。师傅一边摸着摔疼的屁股一边看，原来脚下是一个油裹的面团，他立即意识到徒弟嘴馋偷吃，当即火冒三丈，爬起身来狠狠扇了徒弟一巴掌。等师傅火气消下去，还真是闻到了一股诱人的油炸香味，他从碗里拿起一块尝了一口，绵软可口，香气扑鼻。问徒弟是怎样做出来的，徒弟一五一十向师傅作了交代。以后，师傅也照着这样做，并取名为“油香”。

油香是吴城特色小吃文化的一张名片。油香的用料十分考究，需精工烹制。关键是第一道工序，叫作配料、和面。头天下午，师傅将精选的面粉加入适量的菜油，用热锅慢火炒熟，掺水揉成面团，这个过程很讲究，是一道技术活儿。第二天，将揉好的熟面裹上由绵白糖掺上黑芝麻粉做成的糖馅，一个个捏成椭圆略扁、类似橄榄状的半成品，放入沸油中炸至焦黄鼓起。此时，一定要掌握好火候，待炸到一定程度，捞出后滤油即成。炸好的油香色泽金黄，绵软可口，香气扑鼻。

油香最好是现炸现吃，倘若等它完全冷却后再吃，味道就大不一样。吃法也很有讲究，吃油香决不可狼吞虎咽，否则易烫伤喉咙。有句歌谣说得很形象：“轻轻咬，慢慢移；先开窗，后吸糖。”先轻轻咬上一小口，慢慢吮吸里面的糖液，一股甜丝丝的清香流进嘴里，沁入心脾，那滋味简直妙不可言。

第二节　二来子

南宋初年，宰相秦桧以“莫须有”的罪名，将爱国将领岳飞父子杀害，遭致国人一片痛骂。百姓为解心中之恨，用面团做成秦桧的样貌，丢入油锅里反复炸，称之为“油炸桧”，后来演变

成“炸油条”。

100 多年后，民族英雄文天祥被奸相贾似道压制，贬斥江西，后在抗元作战中被元军俘虏并押往北京。路过吴城时，他十分感慨，赋诗《吴城山》。三年后，文天祥在北京英勇就义。吴城老百姓在悼念这位民族英雄的同时，对奸臣贾似道也是恨之入骨，就把已经炸好的油条当作贾似道再次放入油锅中去炸，以示秦桧、贾似道这帮奸贼共入油锅，永世不得超生。后来吴城人把这种第二次入锅烹炸的油条叫作“二来子”，口口相传，流传至今。

有趣的是，当地人把读书成绩不好、留过级的小孩叫作“二来子”，也戏称为“老油条”。

二来子是吴城特有的早点，历史悠久，源远流长。这种早点粗一看像是反复煎炸而成的油条，其实做法和油条不一样。正宗的二来子是用碱水做的，首先将面粉揉成团后，用碱水来发酵，发酵时间根据气候来定，如果天气晴热只要四五个小时，遇到阴冷天气则要五六个小时。然后，将发酵好的面粉放到案板上做成油条状坯子，放入油锅中炸。接着，把炸好后的条状坯子摆入干燥洁净的橱柜中。次日一早，再放入油锅里炸至金黄色，二来子的工序就算完成了。

第三节　白糖糕

清代初年的一天，在吴城樊家垄的樊老爷家里，一个刚过门的儿媳妇在拌糯米粉准备做糯米圈圈时，不小心碰翻了搁在灶台上的一碗白糖，正好掉进了糯米粉里，与其粘在了一起。小媳妇原打算在公婆面前显露一手油炸糯米圈圈的，这下慌了神，急得直想哭，可是她又不敢声张，怕遭到公婆的责骂，只得把粘了糖的糯米粉依旧拌好放在油锅里炸。谁知这糯米圈圈经油炸后更加松软可口，还有一股微微的馨香。

公婆吃后，连连夸奖儿媳妇心灵手巧，说从来没有吃过这么好吃的早点。后来，为制作方便，聪明的儿媳妇对糯米圈圈进行了改良，先将糯米圈圈用油炸好，出锅后再粘上白糖，并取名“白糖糕”。于是，美味可口的白糖糕因一个美丽的失误而流传开来。

白糖糕是吴城早市的一道名点，做法是将糯米粉加水后，搓成条状圈圈，放入油锅里用小火炸，转色后粘上白糖，就可以食用了。

第四节　大危水饺

饺子是中国传统食物，起源于东汉时期，为医圣张仲景首创。“饺子”又名“交子”或“娇耳”，有新旧交替、秉承上苍之意。每逢新春佳节，饺子更成为一种不可缺少的应时佳肴。

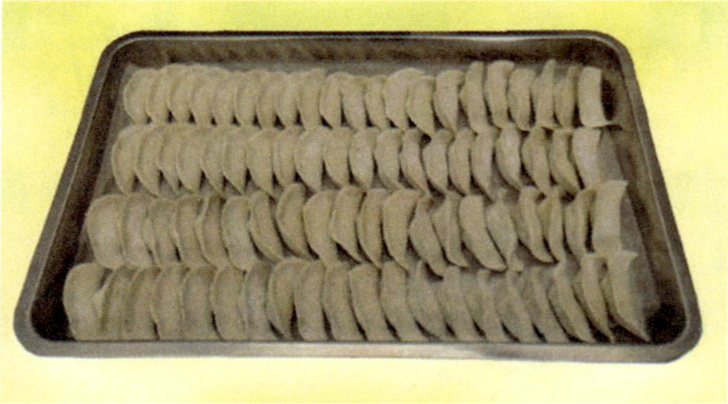

大危水饺为吴城一危姓人家在 20 世纪 90 年代首创，至今已有近 30 年历史。因其户主在兄弟姊妹中排行老大，故名“大危

水饺”，已注册商标。大危水饺的特点是：手工包制，皮薄馅鲜，速冻成形。用料及包制方法：用上乘白面手工擀皮，擀面时加适量的碱；馅用当天的鲜肉搅碎，然后加一定比例的食盐、味精、香葱、酱油搅拌，添加少量白糖调味；最后手工包制成形，放入锅内煮熟，即可食用。

吃水饺时，可在碗中倒入少许香醋、生抽等调料，盛入水饺后撒上葱花，吃起来别有一番味道。此外，还可将饺子放入锅中用油煎，做成煎饺，也颇有滋味。

第五节　吴城酥糖

1000 多年前，海昏县城即将沉入鄱阳湖底时，一吴姓夫妇从海昏逃到了吴山。为了生计，夫妇俩开了一家名叫天顺的小糕点店。他们苦心经营，摸索出了独特配方和烘焙技术，糕点店生意兴隆，家喻户晓。

老吴有一儿一女，夫妇俩打算等儿子长大后，把制作糕点的技术传给他，这使得女儿很不高兴。有一天，女儿从窗外看见父母不在家，就趁机在那料粉里撒了一把芝麻，以发泄不满。没想到无心插柳柳成荫，这种加了芝麻的糕点，竟大受欢迎。顾客都说，以前的糕点又香又甜，这回的糕点甜蜜蜜、酥润润的，味儿十分可口。后来父母才知道女儿在配料里加了芝麻，人们就把这种糕点称为吴城酥糖。从此，吴城酥糖的名号便不胫而走。

吴城酥糖由屑子和麦芽糖骨子组成。屑子是酥糖的基本原料，用面粉、棉白糖、熟纯白芝麻仁、桂花等合制，麦芽糖骨子是由俗称“小糖”的麦芽糖酿制而成，经过原料配制、碾屑、熬糖、拉糖、压糖等多道特殊的传统工艺精制而成，成品呈长条形或麻将形，块型整齐，用蜡纸包好后，盖上“吴城酥糖”的模印装盒，即完成制作。吴城酥糖吃时酥脆香甜，桂花、芝麻香味浓郁，骨子松脆入口即溶。

第六节　麻叶粑

从前，吴城街上有一家“庆和祥”老字号饼铺，掌柜的是姓马的艾邑人。这家饼铺早上炸油香，中午制酥糖，晚上烤脆饼。这脆饼和一般的烧饼可不一样，它是用发了酵的白面裹上汤饐，烤出来颜色黑红，因色泽太丑，生意并不好做。这马掌柜的生意虽然不太景气，但他和老伴生性善良，乐于助人，对于过路人、穷苦人、讨饭人吃点喝点什么的都不收钱，上路还给带点。所以，几年的惨淡经营，并无多少积蓄。

这一年，城内准备修建白马庙，有个化缘的人来到马掌柜店铺，马掌柜二话没说，当下捐了三两银子。夜里打烊后，夫妻二人聊起化缘的事，都觉得捐少了。可是又一想，小本生意一天下来也赚不了几个钱，捐三两银子也是个心意。两人一夜翻来覆去睡不着，唠唠叨叨商量个没完。没想到，他俩的话字字句句都让灶王爷听到了。后来，灶王爷把听到的原原本本告诉了财神爷。财神爷想了想，说：“这夫妻二人素有好德

之心，咱们应该助他们一臂之力，让他们发了财继续做好事。”灶王爷不解，财神爷就轻声细语对他如此这般嚼了一下耳朵……

这天夜里，马掌柜夫妻俩做了一个相同的梦。次日早醒，他们都记下了八句话：“脆饼难看讨人嫌，找来麻叶作铜钱。十斤米粉三两糖，二两碱加一钱盐。先和硬来后和软，揉完搁到案板前。做成丸子压薄扁，刷油蒸出色香全。”他俩相互一说，又反复回忆梦境，忽然顿开茅塞，这不是发家致富的秘诀吗？很快，他们就依照这梦中的诀窍试着操作起来，并不断地创新改良，原来表面形象不太雅观的脆饼，摇身一变成了形似古铜钱的可口食品，并取名“麻叶粑”。

消息传开后，人们你一拨我一拨地前来购买，不仅自己食用，还作为馈赠亲友的礼品。马掌柜因此一鸣惊人，生意一天比一天好了起来。

白马庙开工之日，马掌柜夫妻俩慷慨解囊，捐银一百两，并许诺凡为修建白马庙做工的匠人、小工都可以在“庆和祥号”免费吃一顿早餐。这样一来，“庆和祥号”的生意更加红火了。

随着时间的推移，麻叶粑从商家经营的食品逐渐走入寻常百姓家，成了吴城家家户户必不可少的美食。

麻叶粑的具体做法是：将采摘回来的新鲜麻叶芯洗净；洗好的麻叶同冷水下锅，敞开锅，用大火煮开后慢慢搅拌，15 ～ 20 分钟出锅；将控干水的麻叶捣碎，加一定比例的糯米粉、粘米粉、面粉、盐、糖和在一起揉均匀；将和好的麻叶粉做成丸子，用带图案的印模压扁压薄；把麻叶粑放入蒸锅，刷上少许油，小火蒸煮，直至颜色变深变绿，表面出一层硬壳既可出锅。

第七节　麻　圆

东晋末年，十六国战乱，狼烟四起。鲜卑政权南侵，恭帝司马德

文从建康（今江苏南京）逃到海昏县后，不思进取，夜夜笙歌，整天只知道寻欢作乐，全然不想收复失地。

吴城的老百姓对此十分怨恨，采用另一种形式来表达收复失地的愿望。他们对先祖传下来形似圆球状的糖麻团手艺加以改进，按“埋怨”的谐音取名“麻圆”，进贡给恭帝，希望以此来激发恭帝收复失地的勇气。

至于晋恭帝司马德文有无从中受到启发和鲜卑人决战，已不可考。但是，吴城麻圆却从此一举成名，沿续至今。

吴城麻圆的具体做法是，用糯米粉加白糖、白芝麻和水揉制成形，以麻茸或豆沙入馅，炸至金黄出锅。

第八节 红薯角子

话说“样式雷”始祖雷发达从京师回乡省亲，走水路南下。当船驶入鄱阳湖后，突遇狂风暴雨，船家就建议在吴城歇息一夜，待次日继续赶路。

夜晚，吴城街上人来客往、热闹非凡，雷发达顾不上欣赏美景，径直来到临近码头的一家客栈。敲开店门，见掌柜一双年幼的儿女在堂前追逐玩耍，煞是可爱。于是，就从包裹内掏出两个椭圆形、灰土色的东西，两小孩愣在那里看了半天……雷发达见状哈哈大笑，抚摸着他们的头说道，这叫“红薯”，可以吃的。两小孩似乎是头一次见这稀罕物，觉得有趣，男孩就对着女孩叫嚷着，你是“红薯”。女孩很生气，哭着喊着去向父亲告状。掌柜的也被两孩童的天真无邪逗乐了，笑着把雷发达一行人引进客房。

掌柜问雷发达：“请问客官，这种叫‘红薯’的在吴城还真是头一次见到，是怎么种出来的？”雷发达笑着说道：“这是我在途中从一个洋人手里得到的，他还教了我栽种的方法。我看吴城的土地比京城都要肥沃，如果栽种红薯，保证一年四季都可以吃上它。”那夜，雷发达将知道的种薯方法全传给了客栈掌柜。

不久，掌柜就按照雷发达教的方法，在客栈边的吴山上种上了薯苗。数月后，正如雷发达所言，大获丰收。

后来，吴城人为了缅怀雷发达，就在城东头建了一座雷公庙，以示纪念。为了一年四季都能够吃上红薯，聪明的吴城人又将红薯切片晒干，加工成红薯角子。人们茶余饭后都会笑谈红薯角子，借此影射当年客栈掌柜一双儿女逗趣，男童找女童的角（gè，吴城方言，意即“找麻烦”）头。这一趣话一直流传至今。

还有一种说法，红薯是明末清初，欧美传教士从南美引入吴城种植，聪明的吴城人把它加工成小吃红薯角子食用。

红薯角子的制作方式：首先把红薯去皮后清干净、切成块；把切好的红薯块入锅蒸熟后放进大盆，添加适当的白糖、芝麻，捣碎成泥状，可根据口味添减白糖；将洗净的纱布铺在脸盆或抽屉内，倒上红薯泥，再盖一层纱布；用手将红薯泥按均匀后，再用擀面杖擀平；轻轻揭开上层纱布，切片成形，放到阳台上晒干即可。红薯角子还有一种制作方法，是用整只的红薯连皮煮熟，冷却后直接用刀切片，晒干，炒熟或用油炸熟。

纯天然晒干的红薯角子用来当零食非常好吃，如果用油炸着吃，口感更加香脆。

第九节　大板瓜子

大板瓜子是久负盛名的吴城特产。除了脍炙人口的“大板瓜子上金銮殿”传说外，还流传着一个与汉王陈友谅有关的故事。

吴城是元末陈友谅起义军的水军驻扎地。传说陈友谅招兵买马强练精兵，很快成了各路起义军中最强的一支，被推举为十八路反王首领。

一次，在与朱元璋鄱阳湖大战间隙，陈友谅十分思念爱妾娄妃，便带着两名侍卫风尘仆仆地回到吴城。刚迈进家门，父老乡亲和老兵部卒纷纷拿着礼物来看望，有的提着一大吊子猪肉，有的提来一笼子鸡蛋，更有客栈的金掌柜送来一坛香气扑鼻的熟瓜子。陈友谅随手抓起一把，刚嗑了几粒，他突然大叫一声：“好瓜子！”大家被他的举动吓了一跳，纷纷惊讶地看向陈友谅。金掌柜马上过来打圆场，说道：

“大王，这是用吴城的打籽瓜炒出来的瓜子，与其他的瓜不一样。我们这里有人专种这种瓜，把瓜子取出来晒干，炒着吃，味道非常香脆。”陈友谅当场号召大家大面积栽种。

转眼到了第二年打籽瓜成熟的时候，吴城百姓将炒熟后的瓜子进献到陈友谅的大帐。陈友谅大喜过望，将瓜子赐给将士们品尝。将士们尝过以后，果然交口称赞，都说这瓜子粒大、肉厚、味香，是瓜子中的极品。陈友谅很是高兴，当即把这瓜子列为贡品，要求吴城百姓年年栽种，岁岁进贡。打这以后，吴城大板瓜子名声大噪、享誉四方。

吴城大板瓜子外形有别于普通瓜子，外壳四周墨黑，壳中显现白色花纹，似菊花怒放，有“菊花芯”之称。吴城大板瓜子的炒法是，将当地打籽瓜的瓜子取出晒干，加盐或加糖、五香炒熟，即可食用。

第十节 吴城鱼干

传说，有一次乾隆皇帝下江南时，取道鄱阳湖，行至吴城突遇狂风暴雨，便传令官船就地抛锚，借宿在吴城的万寿宫。吃晚饭的时候，店家用新鲜鱼干招待乾隆皇帝和他的随从。

当店家把香气扑鼻的干鱼端上桌子时，乾隆皇帝凑到近前，仔细闻了闻，说：“啊——太香了，肯定好吃……”说完便大快朵颐，一盘干鱼很快就被一扫而光。第二天，鄱阳湖上风平浪静，乾隆皇帝一大早便启程上路。

回宫后，乾隆皇帝多次想起吴城干鱼的味道，便吩咐宫里的御厨去做。厨师认为是小事一桩，就把宫里腌晒入冬吃的干鱼油炸，端给皇上享用。乾隆皇帝一看，就龙颜大怒说：“这哪里是朕吃过的那种鱼，不用尝了！”掌管御膳房的官员见皇上发了火，害怕极了，便派御厨来江南四处查访，最后了解到皇上逗留过吴城万寿宫，于是御厨向店家学会了油煎干鱼的做法。

回宫后，御厨就照样子烹饪好干鱼块呈给皇上。乾隆皇帝一看，颜色金黄，喷香诱人，吃了一口，味道纯正。皇帝大悦，重赏了御厨，将油煎干鱼块定名为“吴城鱼干”。从此，吴城鱼干声名远扬、世代相传。

吴城鱼干的制作方法：多以鄱阳湖捕捞的青、草、鲢、鲤、鲫等淡水鱼为原料，按照鱼类大小分别采用背剖、腹剖和腹边剖进行剖割，去掉内脏后，血液凝固前在清水中洗去血污、粘液，放进筐内，沥干水分，即可进行腌制。也可以将洗涤后的鱼体投入事先备好的卤液中，浸洗三五小时，取出沥干卤水，再行腌制。

腌制时，将盐均匀地擦敷在鱼体、鱼鳃、吞刀、眼球及钓孔内，然后置于腌池内，肉面向上，鱼鳞向下，鱼头稍放低，鱼尾斜向上，层层排叠。叠至池口时，可继续排叠，直至超出池口 10 ～ 15 厘米。经四五小时后，鱼体收缩至与池口平齐时，再加撒一层封口盐，并用竹片盖面，石头加压，使鱼体浸入卤水，充分吸收盐分，脱出水分。

鱼出卤时，利用卤水将鱼体洗刷一次，除去沾染的污物，沥干卤水后，有的铺晒，有的挂晒。晒至鱼肚、鱼鳃挤不出水分时，就形成干鱼了。无论煎、炒、烹、炸，做出来的鱼干都是美味佳品。

后 记

为打造中国候鸟小镇——吴城，我们成立《遇见吴城》编委会，从“十个十”文化工程的角度，全方位介绍吴城的自然景观和人文历史。此书历时一年，终于付梓。

本书由陈光来、何以战主编。陈光来负责全书的构架思路，开篇语、章节导语的撰写等；何以战负责图片遴选等；罗勇来、徐峰、樊坚、李鸣、叶文师分别负责两个章节的组稿及撰写；其中部分文章取材于肖介汉、蔡恒茂等人的作品。与此同时，燕平、宋建明、刘远庆、金和平、张小林等提供了相关的摄影作品，尤其是著名摄影家叶学龄先生把自己多年拍摄的作品提供给我们选用，为本书增添了光彩。全体编撰人员在陈光来的带领下，本着分工不分家的原则，对全书进行反复推敲，精心打磨，并广泛征求意见。此书凝聚了众人的心血和智慧。

在编撰过程中，我们得到了社会各界的热情帮助和大力支持。杨泽旗先生在百忙之中审读书稿，并提出了宝贵的意见；江西师范大学教授、吴城文化研究专家梁洪生先生进行了编前指导；吴城籍热心人士方仁甫、叶小凤、王小龙、罗云龙等人提了不少建议和素材线索。本书还得到吴城镇领导姚赟、张志、骆强等人的大力支持。同时邀请了叶久保、叶芳、熊巧丽、梅秀凤、吴咏梅、孔维友等人参与审阅。值此机会一并表示感谢！

由于时间仓促，水平有限，书中错误在所难免，恳请读者批评指正！

《遇见吴城》编委会

2021 年 6 月

精彩视频，请扫描二维码

图书在版编目（CIP）数据

遇见吴城 / 陈光来，何以战主编. -- 北京 : 中国文史出版社，2021.9
ISBN 978-7-5205-3149-8

Ⅰ. ①遇… Ⅱ. ①陈… ②何… Ⅲ. ①随笔—作品集—中国—当代 Ⅳ. ①I267.1

中国版本图书馆 CIP 数据核字(2021)第 181820 号

责任编辑：全秋生

出版发行：中国文史出版社
地　　址：北京市海淀区西八里庄路 69 号　　邮编：100142
电　　话：010—81136602　81136603　81136606（发行部）
传　　真：010—81136655
印　　装：廊坊市海涛印刷有限公司
经　　销：全国新华书店
开　　本：787×1092　1/16
印　　张：16　　字数：248 千字
版　　次：2022 年 1 月北京第 1 版
印　　次：2022 年 1 月第 1 次印刷
定　　价：68.00 元

文史版图书，版权所有，侵权必究。
文史版图书，印装有错误可与发行部联系退换。